出版人に聞く 13

倶楽部雑誌探究

塩澤実信
SHIOZAWA Minobu

論創社

倶楽部雑誌探究　目次

第Ⅰ部

第Ⅱ部

目次

倶楽部雑誌探究

インタビュー・構成　小田光雄

第Ⅰ部

1　前口上

――塩澤さん、本日はご足労頂き、有難うございます。

塩澤　何をおっしゃる、あなたには『週刊読書人』の植田康夫さんともども本当に色々と世話になっているから、呼ばれて来ないわけにはいきませんからね。

――そういわれると恐縮してしまいますよ。ただ今回のテーマは倶楽部雑誌のことなので、うまくインタビューできるかどうか、本当に心配なのです。私は倶楽部雑誌をリアルタイムで体験した世代でもないし、まして読者であったこともない。そして大きな深い森のような世界だったであろうことは推測していますが、先行する研究も文献もないし、手探りで話を進めていくしかないように思われるからです。それでも倶楽部雑誌について、お話をうかがうとすれば、現在の出版業界において塩澤さんしか適任者が思い浮ばないのでお願いしたわけですから。

塩澤　僕の持論として、自分も多くの出版に関係する本を出しているけれど、それらも含めてこれまで語られてきた事柄は氷山の一角でしかないという思いが、どうしてもつきまとっている。その語られてこなかった出版の最たるものが倶楽部雑誌かもしれない。戦前から長きにわたって膨大な部数が発行され、ものすごい数の読者がいて、また作家たちも驚くほど多くいた。でもそれらの読者たちは消えてしまったし、作家たちも同様です。それから研究どころか、雑誌自体も収集されていないし、あれほど出されたのにほとんど残っていないんじゃないかな。

2　倶楽部雑誌の定義

――私もそう思います。これはインタビュー後に急逝されてしまった、この「出版人に聞く」シリーズ12の『「奇譚クラブ」から「裏窓」へ』の飯田豊一さんも、倶楽部雑誌のことはぜひ実現させてほしいと語っていました。

飯田さんの言によれば、倶楽部雑誌の出版社の多くは御徒町と上野の間のガード沿いにあって、おそらくそうした事柄はもはや八十歳以上の出版関係者でないとわからないのではないかということでした。

塩澤　確かにそうかもしれない。その飯田さんも倶楽部雑誌を編集したことがあるそうですね。

―― それが何と双葉社の『読切雑誌』と『傑作倶楽部』だったようです。そのことに加え、飯田さんの周辺にも倶楽部雑誌に関係していた編集者や作家たちがかなりいて、その営業コンセプトは山手線の内側では売れないから、外側で売るというものだったらしい。

塩澤 残念ながら僕は彼と面識がないけれど、それだけ聞いていても、倶楽部雑誌を出していた同時代の小出版社特有の環境の中にいたことがわかる。

―― 飯田さんが勤めていたのも久保書店＝あまとりあ社ですし、飯田さんが編集長となる『裏窓』も倶楽部雑誌の作家たちが書いていましたから、それは当然でしょうね。でもその飯田さんのことはともかく、このインタビューを始めるにあたって、まずこの倶楽部雑誌とは何かという定義、もしくは説明を提示しておかなければならないでしょうね。

塩澤 それはそうですね。あなたぐらいの歳でも倶楽部雑誌のことを知っている人はもはや少ないし、五十歳以下になるとまったくわからないんじゃないかしら。

―― それで色々と探したのですが、幸いにして『大衆文化事典』（弘文堂）にまとまった立項を見つけましたので、それを引いてみます。少し長いけれど、重要ですので、略すことは避けます。

倶楽部雑誌

講談・落語など近世の庶民的文芸の伝統を追った大衆雑誌に発して、大衆文学作品を掲載する読物雑誌をさす。『講談倶楽部』のように、誌名に「倶楽部」をつけた雑誌が多かったところから、それらの雑誌を総称する語として用いられた。1910年2月に大日本雄弁会をおこして『雄弁』を創刊した野間清治は、翌11年11月にべつに講談社をおこし、講談と落語の速記を中心とする大衆雑誌『講談倶楽部』を創刊した。誌名は当時、隆盛を誇っていた博文館の雑誌『文芸倶楽部』にならったものであったが、講談・落語の速記に加えて、浪花節や読物、エッセイなども掲載して、明治末期の大衆娯楽誌としての成功を収めた。この成功で『講談世界』『講談雑誌』などの類似雑誌が出た。この『雄弁』『講談倶楽部』に続いて、23年までに『少年倶楽部』『面白倶楽部』『現代』『婦人倶楽部』『少女倶楽部』の5誌を加えた野間は、25年1月に『キング』を創刊。社名も大日本雄弁会と講談社を合同、大日本雄弁会講談社として、雑誌王国の確立をめざした。さらに翌年には『少女倶楽部』を創刊して、講談社の9

大雑誌黄金時代を迎えるに至った。なかでも『キング』は「日本一面白い、日本一為になる、日本一安い」をキャッチフレーズに大々的な宣伝作戦に乗り出し、26年新年号は早くも150万部を突破する勢いを見せた。こうした講談社に対抗して、『太陽』『文芸倶楽部』の2誌をもつ博文館は、『講談雑誌』『ポケット』『寸鉄』『新青年』『少年少女譚海』『新趣味』などの新雑誌を創刊。春陽堂は『新小説』の誌面刷新で読物文芸の路線を確立させていった。こうした新雑誌は新興文学として隆盛した大衆文学にスペースを大きく割き、昭和初期の大衆文学黄金時代を迎えるに至る。これは大正末期から昭和初期へかけての大衆社会状況とも無縁ではない。大衆社会状況は印刷技術の革新や流通機構の整備によるマス・メディアの成熟、新読者層の台頭などをもたらし、雑誌ジャーナリズムの活況は、その後、1930年代にかけて続いていき、『風俗雑誌』『大衆倶楽部』『娯楽雑誌』『大衆文芸』『読物倶楽部』『読切講談』など数多くの新雑誌が出現したが、戦時中の軍部による規制、雑誌の統廃合令をはじめ、内閣情報局などの検閲、命令や用紙統制、内面指導など巧妙かつきびしい統制によって、多く倶楽部雑誌が姿を消していった。戦後は46年2月創刊の『読物と講談』を皮切りに倶楽部雑誌も復活し、『実話と講談』『小説の泉』『講談雑誌』『読切講談』『読物小説』『ポケット講談』『傑作倶楽部』『小説倶楽部』などが時代小説を主として掲載して、戦前に増す盛況を示した。だが、戦後の同時期に、風俗小説の隆盛をバックに中間小説が勃興し、中間小説雑誌が相次いで創刊されると、次第にその新しい勢いに押され、倶楽部雑誌はマイナーな存在となっていった。変貌する時代を描き切れなくなって読者のニーズに応えられなくなったこともある。現在ではほとんど死語に近い語となったが、昭和初期および戦後の一時期に大衆文学の隆盛に果たした役割は大きなものがある。

塩澤　これはとても包括的で優れた定義です。ただあなたがいうように少しばかり長いので、愚生なりに要約すると、講談、落語などを主体とした『講談倶楽部』がその発祥であり、それが大衆娯楽誌として成功した。それは大衆文学の隆盛に寄与し、多くの類似雑誌を生み出し、それらのタイトルに「倶楽部」がついていたので、倶楽部雑誌と総称されるようになった。戦後になって復活したけれど、中間小説雑誌の創刊が相次ぎ、読者と時代のニーズに合わなくなり、一九六〇年代にほとんどが消えていった。

それからこれは僕の提案だけど、あなたが以前に書いた「〝倶楽部雑誌〟について」

（『古雑誌探究』所収、論創社）を巻末に是非収録すべきです（本書、一八二頁参照）。この定義とそれを合わせて読めば、さらに立体的になるから。

―― わかりました。塩澤さんならではの当事者としてのサジェスチョンとわかりやすい要約で、本当に助かります。それに『日本近代文学大事典』を始めとする各種の事典には倶楽部雑誌が立項されていないし、言及もないので。

3 山本明『カストリ雑誌研究』

塩澤 そんなもんですよ。僕はこれを読んで、山本明さんの『カストリ雑誌研究』（出版ニュース社）を思い出した。

―― 一九七六年に出されたあの厚い一冊で、今では中公文庫の一冊になっている。それこそ『カストリ雑誌研究』は『「奇譚クラブ」から「裏窓」へ』でも参照しています。

塩澤 『奇譚クラブ』だって、戦後になって無数に出されたカストリ雑誌の中から生まれてきたわけですからね。それまでカストリ雑誌については色々と書かれていたけれど、山本さんの資料的意味合いも含めた大著が出たことで、カストリ雑誌に関する視点、評

山本明『カストリ雑誌研究』

価、研究はまったく変わったと思いますよ。

―― 私はこちらもリアルタイムで読んでいませんが、それはよくわかる気がします。戦後のいかがわしい仙花紙の雑誌群が新たな視点の下に見直され、それまでと異なる評価や研究の対象となっていくきっかけが『カストリ雑誌研究』だったことが。

塩澤 でも最初のまとまった研究にありがちなことだけれど、かなり間違っているところも目につく。

例えば、『りべらる』とか『ロマンス』もカストリ雑誌に入れられている。これは間違いで、この二誌もカストリ雑誌時代に創刊されているが、大衆オピニオン誌、娯楽雑誌であって、カストリ雑誌には分類できない。

―― それは『カストリ雑誌研究』所収の『りべらる』創刊号目次とその「編集後記」、及び塩澤さんの著書における『ロマンス』第三号の目次と解説にも明らかです。

塩澤 もちろん山本さんも確か便宜的に『り

べらる』などもカストリ雑誌に分類したと断っていたはずだけれど、一度そのように位置づけてしまうと、カストリ雑誌の定義の中に組みこまれ、それが出版史の定説として流通してしまう。

僕は『りべらる』の初代編集長だった松尾秀夫さんと非常に親しかったし、彼が『りべらる』に関する資料やコピーを送ってくれたので、それがよくわかるんです。

――それに塩澤さん自身が『ロマンス』に直接関わっていましたからね。

4 福島鑄郎『雑誌で見る戦後史』

塩澤 それもそうだけれど、そうした戦後の雑誌のことに精通していた福島鑄郎さんも近年亡くなってしまいましたし、特定の雑誌の研究に比べ、カストリ雑誌のような一分野に関するものは難しいところがある。

戦前のことはもちろんだが、戦後にしても、それこそ福島さんの『雑誌で見る戦後史』（大月書店）に少し目を通しただけでも、その収集と研究の大変さが伝わってきますから。

――『雑誌で見る戦後史』にもカストリ雑誌は「カストリ雑誌と性風俗」としてカ

福島鑄郎『雑誌で見る戦後史』

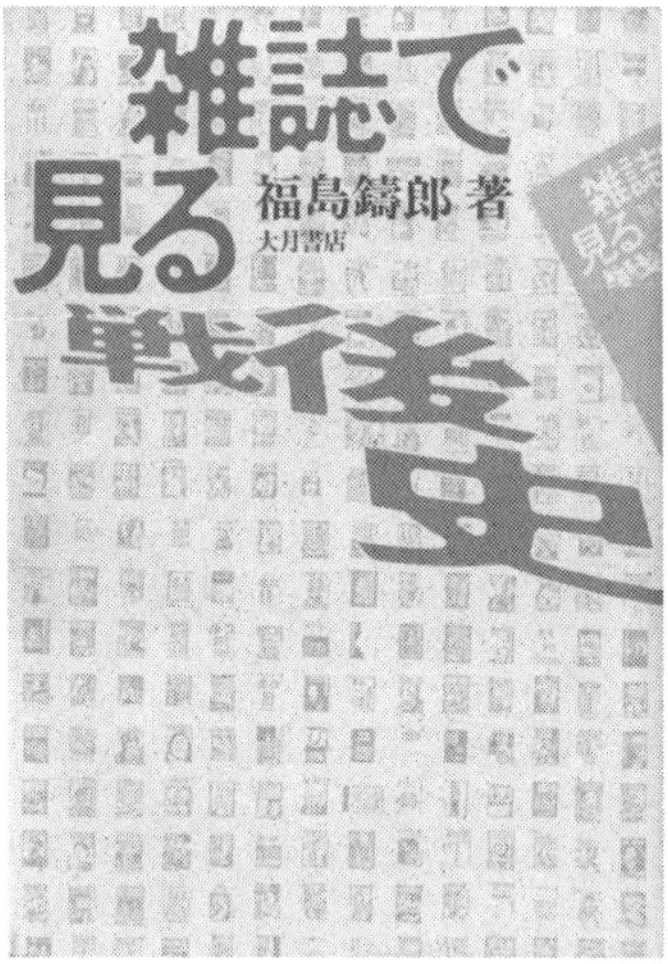

ラーページで多くの表紙が紹介され、その中に倶楽部雑誌が混じっている。だから福島さんですらも、倶楽部雑誌を収集の一分野として見なしていなかったのでしょうね。

塩澤　だからカストリ雑誌以上に倶楽部雑誌というのは、収集にしても研究にしても難しいのかもしれない。

それに僕もこの本の中に筑摩書房の雑誌『展望』創刊号の思い出を生意気にも寄せていますが、そういう新しい時代と戦後文学の息吹きを伝えんとするかのようなクオリティ雑誌について話したり、書いたりすることは容易だけれど、マイナーな読物というしかない倶楽部雑誌に関しては、自分にとって本当に身近な存在であっただけに余計に難しい気がする。

――でもそのような機会がようやくここにもたらされたわけですし、その現場を知っている関係者も少なくなっている。それにこじつけていえば、倶楽部雑誌は講談社から始まっていることから考えますと、塩澤さんご自身もその流れの中で、出版の仕事を始めたことになる。

5 始まりとしての『ロマンス』

塩澤 それは『ロマンス』のことをいっているわけですね。

—— ええ、そうです。『ロマンス』に関して、塩澤さんはすでに『活字の奔流［焼跡雑誌篇］』（展望社）、私が編纂した『戦後出版史』（論創社）で語られていますが、もう一度そこから始めて頂ければ、戦後雑誌史と倶楽部雑誌の相関も含んで、ストーリーのある展開になると目論んでおります。

塩澤 なるほど、このインタビューはそういうふうに構想されていたのですか。

—— ええ、いきなり倶楽部雑誌から始めるよりはやはりこのシリーズにふさわしい「出版人」としての塩澤さんの出版史から入っていくべきだと思っておりました。

それからささやかな目的も述べておきます。出版史の欠落というのは色々ありましたが、山本明の『カストリ雑誌研究』が出現したように、貸本マンガについては貸本マンガ史研究会編・著『貸本マンガRETURNS』（ポプラ社）、貸本小説は末永昭二の『貸本小説』（アスペクト）、エロマンガは米沢嘉博の『戦後エロマンガ史』（青林工藝舎）、エロ雑誌は『戦後セクシー雑誌大全［実話と画報篇］』（『あかまつ』別冊01、まんだらけ出版）が出て、それぞれの分野の優れた資料とガイドを兼ねた一冊に仕上がっている。本書もインタビュアーの私の力不足はよく承知しておりますが、塩澤さんのご助力と証言を得て、倶楽部雑誌に関するそのような一冊に仕上げたいと思っています。

塩澤　それは身にあまる重責です。僕で大丈夫かな。その走りである戦前の講談社についてはそれほど詳しくはないものだから。

――　大丈夫ですよ。次回は元講談社の原田さんの『戦後の講談社と東都書房』を予定していますので、講談社のことはその際にフォローするつもりです。

塩澤　それは出版芸術社の原田裕さんのことですか。

――　まさにそうです。

塩澤　それはいい、原田さんだったら講談社のこともよく知っているだろうし、僕は原田さんとも親しいし、奥さんとはロマンス社で一緒に働いていたので、そのことを伝えておきますよ。

――　そちらはおまかせしますので、よろしくお願いします。

それでは始めさせてもらいます。塩澤さんが戦後出版界に入ったのは『ロマンス』を出していたロマンス社の社長熊谷寛《くまがやひろし》との関係からですね。

塩澤 そう、熊谷も信州飯田出身で、僕と同郷だった。僕も編集者志望だったから、上京してその関係で熊谷家に居候になっていた。それでロマンス社の社長室の片隅に机を置いて、学生アルバイトとして秘書や給仕も兼ねた雑用係を務めるようになった。

―― それはいつの頃でしたか。

塩澤 忘れもしない一九五〇年四月のことだった。もうその頃、ロマンス社は表面的には華やかだったけれど、資金繰りは火の車で、給料も遅配状況に陥っていた。それに社内も経営悪化に伴い、社長派と副社長派に分かれ、さらには満州絡みのいかがわしい連中が暗躍していて、ロマンス社は末期状態だった。それで七月に倒産してしまう。

6 ロマンス社と熊谷寛

―― これらの詳しい事情は先に挙げた塩澤さんの『活字の奔流〔焼跡雑誌篇〕』所収の「『ロマンス』雑誌王国の夢」などで描かれていますが、キーパーソンの熊谷寛についてフォローしてくれませんか。

塩澤　熊谷は確か明治三十六年（一九〇三）生まれで、戦前の講談社に入り、『婦人倶楽部』の編集者だった。『講談社の歩んだ五十年　明治・大正編』を見ると、講談社が『キング』を創刊した大正十四年入社となっているから、講談社が全盛を迎える時期だった。それまでの『雄弁』『講談倶楽部』『少年倶楽部』『面白倶楽部』『現代』『婦人倶楽部』『少女倶楽部』に『キング』が加わり、翌年には『幼年倶楽部』が創刊され、講談社は大衆娯楽雑誌出版産業といっていいほどの成長を遂げてきたことになる。ロマンス社の主要なメンバーたちはこの時代の講談社で仕事をしてきたわけだから、その執筆者人脈と編集技術と華やかさを自らのものとし、それを『ロマンス』などへと体現させた。

また戦後の出版状況から補足すると、『ロマンス』が成功した背景には講談社の戦後事情があった。当時講談社は戦犯出版社として糾弾され、『講談倶楽部』や『現代』も廃刊となり、従来の大衆娯楽雑誌の刊行も思うにまかせずという状態だった。

そこに熊谷を筆頭に、いずれも講談社出身の原田常治、福山秀賢、桜庭政雄、大和杢衛といったメンバーが集まり、『ロマンス』創刊となっていくわけです。一九四六年五月に出された創刊号はたちまち売り切れ、一年半後には四十万部、四八年の全盛期は八十三万部に達したといわれています。

――何ともすごい部数ですね。

塩澤　それだけではなく、講談社にならって六大雑誌として『婦人世界』『少年世界』なども出し、それらも最盛期には八十八万部、十五万部、アメリカの出版社と提携した翻訳読物雑誌『トルー・ストーリィ』と写真雑誌『フォトプレイ』もそれぞれは発行部数十七万部、五万部と当たるべからざる勢いだった。だから熊谷ですらも想像を絶する感じでロマンス社は発展していったことになる。

――塩澤さんの本に『トルー・ストーリィ』と『フォトプレイ』の表紙が掲載されていて、アメリカの出版社と提携しただけあって当然のことでしょうが、これらはとても戦後の五〇年頃の日本の雑誌のようではなく、いかにも売れたんじゃないかという印象を受けます。

塩澤　そのとおりで、『ロマンス』などは講談社系、『トルー・ストーリィ』などは今でいったらマガジンハウス系の娯楽雑誌といった感じだった。後者の編集長はやはり講談社出身の岩本新作で、その娘が同じ講談社で黒柳徹子の『窓ぎわのトットちゃん』を担当した岩本敬子です。だから書店の直接仕入れもすごくて、全盛時代にはリュックを背負った現金買いの書店の人たちが押し寄せていたようです。

――その勢いで銀座にビルまで買うことができた。

塩澤　それは四九年のことで、並木通りに面した西銀座八丁目の角地にある古色蒼然たる二階建てのビルだった。元は徳富蘇峰が国民新聞を発行していた民友社の土地建物で、蘇峰が他に譲るよりは言論出版関係に引き継いでほしいという意向もあって、東京タイムズ社長岡村二一が介在してロマンス社のものになった。

でもこの四八、九年がロマンス社の全盛期でした。作家たちへの大盤振舞的な高い原稿料の支払い、毎月のように出る社員への大入袋、読者を招いての劇場でのロマンス祭、それに銀座の自社ビル購入といった新興出版社の目を見張るような勢いは長く続かず、「『ロマンス』雑誌王国の夢」に書いたような様々な謀略めいた事情も絡んで潰え去っていくわけです。

――このロマンス社という短かった雑誌王国も戦後出版界の混乱期から復興期にかけての歴史に記憶されなければならないドラマにちがいありませんが、ここで重要なのは塩澤さんがこのロマンス社から出版の道へと入ったということですね。

7 『婦人世界』の新米編集者

塩澤 そうなんだけれど、それにはもう少し説明が必要です。ロマンス社は末期状態ということもあって、僕は熊谷社長の秘書兼雑用係にすぎなかった。ところがロマンス社倒産後、熊谷によって、五一年に婦人世界社が設立され、そこに『婦人世界』も移されたので、僕も編集部の末席に連なるようになり、編集者としてのスタートを切った。

―― それで編集長の福山秀賢にしごかれたと聞いていますが。彼は確か中央公論社時代に『婦人公論』の編集者で、広津和郎のモデル小説『女給』に絡み、菊池寛に殴られたことでよく知られている人物ですよね。

塩澤 そうです！ その時、文壇雀がいかにも殴りたくなるような面の持ち主だと囁いたというシニカルな大物編集長で、新米の菲才なんかいたぶりのターゲットにされてしまった。でもいい勉強になりましたけどね。その後彼は確か仏教誌の『大法輪』編集長になったはずです。

―― 婦人誌からまったく異なる仏教誌編集長への転進は福山が該博な知識と才覚のあ

る人物の証明でしょうし、ロマンス社に集まった有能な編集者の代表的存在でしょうが、もう一人重要な編集者として原田常治も挙げられると思いますが。

塩澤　その原田は講談社における熊谷の同僚で、『婦人倶楽部』を経て、『講談倶楽部』の編集に従事していた。それで熊谷に協力して『ロマンス』を創刊するに至った。ところが桜庭と対立して、四七年にロマンス社を去り、『婦人生活』を創刊している。これが後の婦人生活社となるわけです。

――中央公論社も経ている福山のことはひとまずおきまして、熊谷や原田が講談社で『婦人倶楽部』や『講談倶楽部』の編集に携わったスキルをベースにしてロマンス社を設立し、『ロマンス』や『婦人世界』の創刊に至ったことは明白です。

とすれば、講談社自体が『講談倶楽部』をコアとして大衆娯楽雑誌の出版社として成長していったのであるから、ロマンス社にもそのエキスが流れこみ、それが短かった「雑誌王国」を開花させたと考えていい。

そのロマンス社で塩澤さんが出版界への道を歩み出し、後に東京タイムズ社を経て「倶楽部雑誌王国」ともいえる双葉社へ移って、そうした出版の世界を体験した。そしてさらに『週刊大衆』の編集長ともなり、これもまた倶楽部雑誌の編集者から作家になった色川武大に阿佐田哲也名義での『麻雀放浪記』を連載させるに及んでいる。

このような塩澤さんの編集者としての軌跡もまったく偶然ではなく、ロマンス社における講談社の倶楽部雑誌的なエキスの継承の影響を受けているのではないかと思ってしまうのです。

塩澤　それは考えすぎかもしれないけれど、確かにいわれてみれば、辻褄が合ってしまうところが多いですね。

8　『講談倶楽部』について

――とりあえず、塩澤さんと倶楽部雑誌問題は宿命的につながっていたという前提、もしくは私の思いこみの仮説を枕としまして、あらためて倶楽部雑誌とは何だったのかという本来のインタビューに戻ります。

戦前のことはラフスケッチですませるつもりですが、それでも倶楽部雑誌の起源ともいうべき『講談倶楽部』についてはそのアウトラインを示しておかなければなりませんので、こちらは『日本近代文学大事典』の立項を引きます。

「**講談倶楽部**」こうだんクラブ　大衆雑誌。明治四四・一一～昭和二一・二、昭和二四・一（復刊）～三七・一二。編集人望月茂、淵田忠良、岡田貞三郎、萱原宏一、原田常治。講談社発行。創刊当時の講談の流行に刺激され、講談を大衆啓蒙の手段として活用するために野間清治によって講談を主軸に創刊された。大正二年六月、講釈師問題を契機に講釈師の講談速記原稿に頼らず、作家執筆による「新講談」すなわち「書き講談」を載せるにいたり急激に発行部数を増加した。三年一〇月、吉川英治の吉川雉子郎筆名による『江の島物語』が懸賞入選し、作家吉川英治を世に送る機縁をつくった。六、七年には欧州大戦の影響による好景気を反映、増刷を重ね、発展史上第一期のピークを画すとともに講談社発展の母体となった。一一年以降、中村武羅夫の筆名、藤沢草人、香川春作による『夜の潮』『女王』、長田幹彦『波のうへ』、村上浪六『妙法院勘八』などの傑作小説が掲載され、講談読物雑誌の域を漸次脱却し清新味を加え、一四年「キング」発刊まで講談社七雑誌のトップに立ち、大衆娯楽雑誌の王座を占めた。昭和期には、将棋の最高段者勝継大棋戦、相撲関係記事、女優情艶史など内容面の新機軸を出す一方、加藤武雄『銀の鞭』、江戸川乱歩『蜘蛛男』、牧逸馬

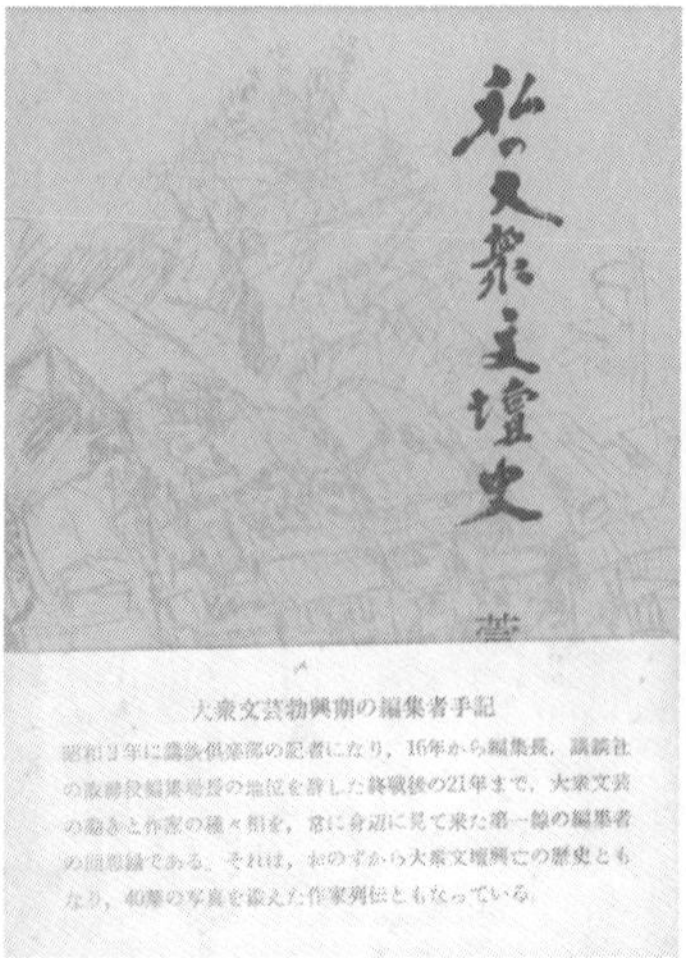

『悲恋華』、角田喜久雄『風雲将棋谷』などの名作小説が掲載され、「小説読むなら講談倶楽部」の標語どおり定評を得るにいたった。（中略）二一年二月、進駐軍に封建的な雑誌であると誤解されるのを避けるため、戦争責任の自粛の形で廃刊。二四年一月復刊、復刊とともに世に出た作家に山手樹一郎と源氏鶏太がいる。明治末期に講談を主軸に創刊し、大正期における大衆小説の発芽と昭和期の大衆小説の隆盛への開拓に五一年にわたり積極的に貢献した雑誌である。

戦後の休刊を経て、復刊され、一九六二年まで出され続けていたことになりますが、私はほとんど見た記憶がない。それと関係があるのかわかりませんけど、今回のインタビューの資料収集のために「日本の古本屋」で検索したのですが、五十年間にわたって出されていたのに、『講談倶楽部』は五十冊ぐらいしかない。そのうちの戦後のものを六、七冊買いましたけれど、戦前のものは少ないせいか、高くて手が出ない。

塩澤　それはよく読まれていた証拠でしょう。一時は五十万部を突破していたはずだから、今になって古書市場にも少ししかないということは。でも戦後になって、倶楽部雑誌が多く出され、売れ行きもかなり落ちていたんじゃないかな。だから発行部数も少なくなっていたはずだし、それも影響している。やはり双葉社のことを考えても、戦後の倶楽部雑誌の全盛は一九五〇年代だったと見なしていいでしょうね。

――それでも幸いにして、『講談倶楽部』に関しては塩澤さんが先に挙げられた『講談社の歩んだ五十年　昭和・大正編』の他に、戦前の編集長だった岡田貞三郎の『大衆文学夜話』、萱原宏一の『私の大衆文壇史』（いずれも青蛙房）が貴重な証言として残されているので、その内実を知ることができます。

9 『大衆文学大系』と『講談倶楽部』総目次

塩澤 それに講談社の『大衆文学大系』に『講談倶楽部』の総目次も収録されていたんじゃないかな。

―― 『大衆文学大系』別巻の『通史資料』のことですね。これには『講談倶楽部』の明治四十四年十一月創刊号から昭和二十年十二月号まで、計四百八十七冊に掲載された小説が収録されていて、その他にも『面白倶楽部』『キング』『冨士』といった講談社のマス雑誌の総目次の掲載もあるので、この別巻自体が『講談倶楽部』のみならず、講談社の戦前の出版世界というか、倶楽部雑誌的出版の全体像とその明細を伝えている。

これは資料として必要かとも思い、各種の倶楽部雑誌と一緒に持ってきました。

大衆文学通史・資料
大衆文学大系 別巻
講談社
大衆文学の濫觴から、昭和前期に至る克明な大衆文学通史と、主要雑誌総目次、大衆文学年表、文学賞・文学碑、参考文献等の全資料を網羅した大衆文学研究の伴侶。
定価＝七八〇〇円

塩澤　本当に壮観な目次集成ですねぇ。これを見ていると、倶楽部雑誌という広い裾野の一端が浮かび上がってくる。この『大衆文学大系』そのものが倶楽部雑誌の上澄みの部分の集大成みたいな企画だし、名前は今思い出せないけれど、『講談倶楽部』の練達の編集者が企画編集に携わっていたと仄聞している。

10　『講談倶楽部』創刊号

――この明治四十四年の創刊号は復刻されていて、入手していますので、これも持ってきました。戦前の『講談倶楽部』は入手も難しいこともあり、実物に言及できませんが、この創刊号だけはふれておく必要があると思います。

塩澤　創刊号の表紙と目次はここに掲載しておいたほうがいいでしょう。先の総目次だと小説が四本だけ挙げられているけれど、こちらの

『講談倶楽部』創刊号

目次にはその他の記事、懸賞、それから後の言葉でいえば、コラムや埋め草といったものまで含まれていますから。

――確かに伊藤痴遊「寛政の名奉行」、松林伯知「新田義貞の兜」、細川風谷「半井法眼と中村歌右衛門」、浪花亭重松「浅香三四郎」の作者とタイトルだけでは『講談倶楽部』創刊号の全体像はつかめない。

塩澤　それでも伊藤、松林、細川、浪花亭たちが講釈、講談、浪花節の語り手、タイトルがそれらの演目であり、その筆記だとわかるから、『講談倶楽部』の創刊コンセプトは示されている。

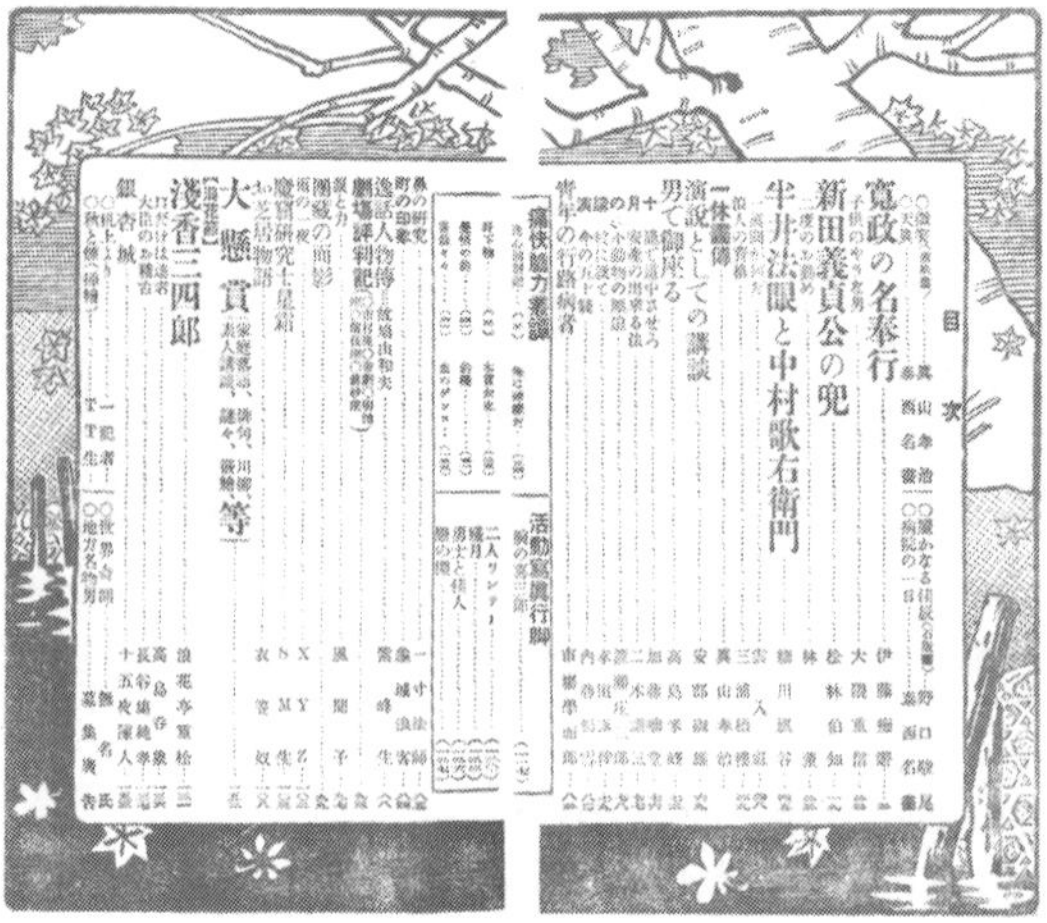
目次
寛政の名奉行　伊藤痴遊
新田義貞公の兜　松林伯知
半井法眼と中村歌右衛門　細川風谷
一休禅師
演説としての講談
男で御座る
青年の行路病者
痛快脳力養成
活動写真興行師
劇場評判記
逸話人物傳
閨秀の面影
大懸賞
浅香三四郎　浪花亭重松
銀杏城

『講談倶楽部』は博文館の文芸誌『文芸倶楽部』をモデルにしたといわれている。それは増刊号などが講談や落語の特集を組んだりしているので、その影響が強いんじゃないかな。それもあって、明治末期になると、『文芸倶楽部』は演劇、演芸、寄席などへと傾斜し、文芸誌というよりも大衆娯楽雑誌に近くなっていた。

―― なるほど、日露戦争後にはこれも今の言葉でいえば、それらがトレンドになっていたわけですね。それで先のトレンドだった明治四十二年（一九〇九）創刊の大日本雄弁会の『雄弁』に加え、四十四年に大日本雄弁会と講談社の看板が並び、『講談倶楽部』も創刊となり、ふたつの硬軟とりまぜたトレンドが合流する。

塩澤　ところがそれは野間清治が企画したものではなく、持ちこまれたものだったとか。国民新聞社にいた望月茂と伊藤源宗が読者の人気を集めている講談や落語に目をつけ、それらを主にした雑誌を出したらと考えた。その頃文部省が学校教育と異なる民衆教育、つまり一般大衆の通俗教育を計画していたので、『講談倶楽部』がそれに役立つと目論み、それで望月と伊藤を編集者として創刊に踏み切ったと聞いています。

―― ということは講談社の「私設文部省」的雑誌として『講談倶楽部』は創刊された。

塩澤　講談社から出されたのは大日本雄弁会で通俗雑誌を出すべきではないという反対があったからで、伊藤痴遊も『雄弁』に書いていた関係もあり、それで掲載され、浪花節は野間のリクエスト、その他の記事の大半は望月が書いたようです。

――それで売れ行きはどうだったんですか。

塩澤　伝え聞くところによると、売れなくて返品の山となり、置き場所にも困り、月遅れ雑誌として特価本業界に出したともいいます。この方面のことはあなたのほうが詳しいから、少し補足してみてくれませんか。

――そうですね、この問題は戦後の倶楽部雑誌まで続いていきますので、確かにここで説明を加えておいたほうがいいかもしれません。

今では雑誌の返品の大半は断裁され、処分されてしまうが、当時は月遅れ雑誌として特価本業界に卸され、古本屋や縁日などで売られ、確固とした市場が確保されていた。それは実業之日本社が明治末期にそれまでの買切制から雑誌の委託制を導入し、返品をとることになり、多くの出版社がそれに追随したので、この時期から大量の返品が生じるようになった。それでその返品を処理する専門業者も生まれ、『講談倶楽部』の返品も彼らの手にわたったのでしょう。

塩澤　残された記録によると、創刊号は一万部を刷り、実売が千八百部、第二号は八千部で、実売二千部、第三号は新年号だったけれども同様で、四号は七千部、五、六号もそれに合わせていたことから、野間は資金繰りに四苦八苦するはめになった。これは野間の自伝『私の半生』（講談社）にも〝雄弁〟に書かれています。

それでも夏頃から底を打ち、徐々に売れ行き部数も増え、わずかながらも利益が出るようになり、専従編集者として講談社社員第一号の淵田忠良が入り、『講談倶楽部』は一万部近く売れるようになって軌道に乗っていくわけです。

しかしまだ苦戦は続き、『講談世界』（文光堂）というライバル誌の出現、それから「講談師問題」が起きていく。

11　講談師問題

――その「問題」は講談師と速記者が『講談倶楽部』と絶縁するという有名な事件ですね。

塩澤　大部な社史などをひもとくと、次のようなものだった。講談の速記者として有名な今村次郎が『講談倶楽部』に対して、浪花節を掲載しないでほしいと要求してきた。今村は『講談倶楽部』の多くの講談と落語の原稿の供給者であり、『講談世界』に対してはすべてを握っていて、この分野における最大の権力者だった。

そのことによって『講談世界』は浪花節を掲載していなかったので、それを『講談倶楽部』にも要求し、さらに講談落語の供給独占権を得ることを望んでいた。

―― 先の総目次の最初の頃を見ますと、前に挙げた人たちの他に神田伯山、放牛舎桃林、一龍斎貞山、宝井馬琴といった当時の著名な講談師たちの名前が並んでいて、本当にタイトルどおり『講談倶楽部』の色彩が強いことが一目瞭然です。

塩澤 だから彼らの元締ともいえる今村は一大権力であって、要求を拒否するのであれば、講談師全員が反講談社連盟を組織し、『講談倶楽部』への寄稿を拒絶するという事態になった。

―― これはいってみれば、江戸を発祥とする講談が大阪を起源の浪花節を差別、もしくは排除しようとする動きだったんでしょう。

塩澤 まあ、そこら辺は今となってはわからない様々な事情が絡んでいたはずですが、結論からいうと、講談社はその要求を拒否した。野間はその理由として編集権の独立云々といっているけれど、当時は講談に劣らず、浪花節の人気が高まっていたことも大きな要因だと思う。その頃『講談倶楽部』は浪花節だけの増刊号も出していたから。

――大正二年六月の臨時増刊『浪花節十八番』ですね。

塩澤　そうそう、それですよ。そういった経緯と事情で、交渉は決裂し、今村を通じての『講談倶楽部』への講談と落語の供給はストップしてしまった。

そこで苦肉の策として考え出されたのが講談や落語に代わる「新講談」「新落語」で、書き手として小説家、文芸家、伝記作者が想定され、彼らにその執筆を依頼した。講談や落語の材料や口調を残しながらも、それ以上に面白い「新講談」「新落語」が今までにない文学の新分野であったことから、多くの作品が寄せられ、「新講談」「新落語」は従来の講談や落語よりも面白いと評判になり、『講談倶楽部』も急激に売れ出したとされている。

12　新しい「大衆文学」と『講談雑誌』

――所謂新しい「大衆文学」の誕生ということになる。先の総目次をもう一度見てみますと、大正二年後半から大正三年にかけて、執筆者名が明らかに変わり、松田竹の島人、市村俗仏、小川煙村、前田曙山、半井桃水、泉斜汀、佐藤紅緑、吉川雉子郎（後の吉川英治）、山野芋作（後の長谷川伸）なども登場しています。
それから挙げておかなければならないのは大正二年の年末に出された臨時増刊『当世金看板』で、彼らも含んだ十四本の「新講談」が掲載されていることで、これがターニングポイントだったんじゃないでしょうか。おそらくこの臨時増刊で、初めて「新講談」という名称が正式に使われたのではないかと思われるからです。

塩澤　大正二、三年というと、一九一三、一四年だから、岩波書店や平凡社の創業年だし、「新講談」ばかりでなく、新しい出版が始まろうとしていた。そうした意味で、「新講談」というのもひとつの新しい出版の象徴だったかもしれませんね。

――そうした動向なんですが、その時期の『講談倶楽部』は入手していないけれども、『講談雑誌』のほうは見つけました。ただ大正時代の号といっても、関東大震災後の十二年十一月号ですが。

塩澤　『講談雑誌』というと、博文館が出していた。確か『講談倶楽部』の成功を見て創刊されたはずで、出版社は変わったにしても、戦後の一九五〇年代まで続いていたと記憶している。

――ええ、大正四年創刊ですから、『講談雑誌』も「新講談」と踵を接していると見ていい。

塩澤　資料を読むと博文館からは『小説講談ポケット』という雑誌も出ていますね。

――　これは『博文館五十年史』によれば、これまでなかった菊半裁判の小型雑誌で、『講談雑誌』が好評なために大正七年（一九一八）に創刊されています。娯楽本位の読物と小説を主とするとあるので、『講談雑誌』系列の雑誌に分類できる。「小説講談」は角書表記ですから、小説と講談という新しい雑誌のコンセプトを意味していたんでしょう。『講談雑誌』の巻末に広告が出ています。

塩澤　ほう……実に調べていますね。隣りに『新青年』の広告もある。これも先の総目次に掲載されていたが、この創刊はいつでしたか。

――　『新青年』は大正九年（一九二〇）です。

塩澤　ということは大正時代の四、五年の間に時代小説から探偵小説に至るまでの新しい大衆文学雑誌のコンセプトが定着していたことになるのかな。

―― そう考えて間違いないでしょう。この『講談雑誌』にもそれは明らかで、講談にまじって「大長講」なる名称が添えられた白井喬二の『神変呉越草紙』、国枝史郎の『蔦葛木曾棧』が掲載されています。これらは前者が連載十七回、後者が十五回で、「大長講」とは「大長編講談」の略だと見なしていいでしょう。

塩澤 なるほど、初めて知りました。『講談倶楽部』も連載小説が掲載されるようになるが、『講談雑誌』も同様で、しかもこちらは大衆小説の名作とされる二作がすでに連載されるようになっていたわけか。

―― それには理由がありまして、奥付にも名前が出ている『講談雑誌』編集長の生田調介が白井や国枝といった新人作家たちを見出し、執筆させたことによっている。その生田も他の雑誌ですが、後に『島原大秘録』という時代小説三部作を書くに至ります。

塩澤 そうした事情は『講談倶楽部』も同じようですね。創刊編集者の望月茂は筑波四郎のペンネームで、多くの時代小説を『講談倶楽部』に寄せ、また連載もしている。

―― 彼は筑波名義で、大日本雄弁会講談社から時代小説の他に『探偵事実奇譚』などを出しているようですけど、まだ読む機会を得ていません。生田のほうは未知谷から復刻が出され、読むことができたのですが。

13　全集の時代の終わり

塩澤　そうした関心で、『大衆文学大系』別巻の「主要雑誌総目次」を見ると、多くの作家たちの作品が読めないままになっていることがよくわかりますね。

おそらく『大衆文学大系』の企画は『講談倶楽部』の再評価と作品の発掘も含めていたんでしょうが、この全三十一巻が出されていなければ、そうした見取図も不明だったし、もっと読むことができなかったと思いますよ。

――それは本当によくわかります。私は筑摩書房が一九七八年に倒産したことによって、『大正文学全集』が出されずに終わってしまったのを、とても残念に思っている一人ですので。

『大衆文学大系』も六〇年代の企画で、七〇年代に別巻以外はすべて刊行されていたから、現在読むことができるのであって、もう少し遅れていれば、出されることはなかったかもしれないですから。

塩澤　それはいえるし、僕にとって関係が深い阿佐田哲也の全集が福武書店から出たことも、今から考えれば奇跡みたいなもので、あれは福武書店と八〇年代の企画だったから実現した。

阿佐田と同様に親しかった山田風太郎の場合、晩年はあれほど評価が高かったのに、筑摩書房から明治を舞台にした小説全集は出たけれど、忍法帖なども含めた本格的な全集は出ていないんじゃないかな。

―― 確かに七〇年代初頭に講談社から『山田風太郎全集』全十六巻が出されているだけですからね。

塩澤　文学全集にしても個人全集にしても、もう全集の時代は終わってしまったから、二人の場合、それを象徴しているような気がする。

ましてや倶楽部雑誌や大衆小説の場合、もはや資料は散逸していくばかりだから、文学史からも出版史からも消えていく運命にあるとみていいでしょう。

―― そのこともあって、いわば塩澤さんの胸を借り、このような蟷螂の斧のような試みに挑んでいるつもりなのですが。

14　たまり場としての『講談倶楽部』

塩澤　それから補足しておかなければならないことがある。これまでの『講談倶楽部』の例からして、最初は講談、落語、浪花節の速記から始まり、「講談師問題」がきっかけで、小説家たちが「新講談」に進出し、それが時代小説などの新しい大衆文学への道を開いたというストーリーになっている。

確かに大筋のストーリーはそうだけれど、これもまた僕のいう出版史の氷山の一角で、実際には混沌たるものがあって、それは明治以来の出版界の作家、著者、執筆者、画家たちのたまり場みたいなニュアンスと機能も備わっていたと見て間違いないでしょう。

とりわけ強調しておくべきは講談と縁が切れたわけではなく、その数年後には和解し、講談の関係者たちも『講談倶楽部』などに復帰している。だから『講談倶楽部』は講談、落語、浪花節、「新講談」、「新落語」の編集者、執筆者、小説家などのごった煮のような場となり、それが『講談倶楽部』の成長の原動力でもあった。

そしてさらに講談社は大正時代を通じて、『少年倶楽部』『面白倶楽部』『現代』『婦人倶楽部』『少女倶楽部』『キング』『幼年倶楽部』を創刊していくので、『講談倶楽部』に集ったそれぞれのメンバーたちは、幸運にもそれらの雑誌にも進出していくことになる。そのことを考えると、講談社はまさに『講談倶楽部』から始まったといっても過言ではないようだ。

―― それでよくわかりました。講談社は昭和円本時代に『講談全集』『評判講談全集』『少年講談』を出していて、「講談師問題」があったのにどうしてなのかと疑問に思っていましたが、すでに和解が成立していたからなんですね。

塩澤 そういうことでしょう。

―― それからこれはいずれも労作にして私家版で出されている新島広一郎の『講談博物志』、吉川英明編著の『講談明治期速記本集覧』と『講談作品事典』に教えられたのですが、講談出版は戦後まで続いていて、大衆小説のみならず、映画や漫画にまで大きな影響を与えてきたという事実です。

塩澤 とりわけ倶楽部雑誌はそのことを抜きにして語れないでしょうね。それに『講談倶楽部』や『講談雑誌』はともかく、大半の倶楽部雑誌というのは言葉は悪いけれども、二、三流の小説家が主流であって、それらの人たちは文学事典などにもほとんど立項されていない。

――三遊亭円朝の講談『牡丹燈籠』の話術が坪内逍遥の『当世書生気質』や二葉亭四迷の『浮雲』に影響を与えたというのは特殊な例でしかないのですね。

塩澤 それは講談における特殊なエピソードであって、講談の書き手といった人々は無数にいたけれど、ほとんどがプロフィルも消息もわからないいんじゃないかな。まあ、これは僕の戦後の経験から推測してのことになりますが。

例えば、『講談倶楽部』創刊号に「半井法眼と中村歌右衛門」を寄せていた細川風谷という人は尾崎紅葉の弟子で、作家と講談師を兼ねていたらしいが、詳しいことはまったくわからない。

――そうした紅葉の硯友社門下の所謂二流、三流の作家たちのことは桜井書店の桜井均が『奈落の作者』(文治堂書店)で書いていますし、それをもとにして山本夏彦も『私の岩波物語』(文春文庫)などでも使っている。

塩澤 なるほどねぇ。赤本業界にはそうした二流、三流の作家たちがたくさんいて、代作や赤本の仕事に携わっていたという証言でしょう。

――桜井は春江堂という特価本業界を代表する出版社の編集長的立場にあった。だからその証言からすると、出版史の脇役の位置にあるそうした版元の作家や執筆者はそうした人々によって占められていたと想像できます。

塩澤　その分野は、あらためて検討すべきでしょうね。

第Ⅱ部

15 『大衆文芸』と『現代大衆文学全集』

塩澤　しかもその脇役というか傍流の出版社から、多くの倶楽部雑誌が出されていたわけだから、それらの編集者、作家、執筆者たちの位置や立場がどういうものだったかも見当がつくと思いますね。

ただそうした大衆小説の流れは一方において、新しい作家である白井喬二を中心として『大衆文芸』という文芸雑誌が生まれている。

――これも先の「主要雑誌総目次」に掲載がありましたね。

塩澤　そうでした、あれは第一次と第三次が重要で、第一次『大衆文芸』は大衆作家の親睦団体の二十一日会の機関誌として、報知新聞出版部を発売元とし、大正十五年（一九二六）に創刊されている。同人は白井の他に本山荻舟、長谷川伸、国枝史郎、平山蘆江、小酒井不木、江戸川乱歩、正木不如丘、矢田挿雲、土師清二、直木三十五たちだった。つまり新しい文学としての大衆文芸がそれなりの勢力となりつつあったことを物語っている。

これはあなたのほうが詳しいからいうまでもないのだが、この二十一日会は円本時代と結びつき、平凡社の『現代大衆文学全集』へと結びついていくわけでしょう。

―― この全集は平凡社の編集者で、高群逸枝の夫の橋本憲三によって企画され、円本としては改造社の『現代日本文学全集』、新潮社の『世界文学全集』に続き、三十万を超える予約会員を獲得し、成功した円本のひとつに数えられている。それもあって、当初の全三十六巻予定が増え、最終的に全六十巻となっています。

塩澤 『現代大衆文学全集』の明細も『大衆文学大系』別巻に収録されていたはずですから、挙げてみてくれませんか。具体的に示せば、大正時代に開花したと見なせる「新講談」から「大衆文芸」へ至る流れと見取図がわかると思いますので。最初の全三十六巻でいいでしょう。

16 『現代大衆文学全集』明細

―― それでは作品タイトルとその明細は『日本近代文学大事典』にも掲載されているので、そちらを参照してもらうことにして、巻別作家名を挙げてみます。

1・19　白井喬二集
2　江見水蔭集
3　江戸川乱歩集
4　正木不如丘集
5・30　前田曙山集
6・33　国枝史郎集
7　小酒井不木集
8　長谷川伸集
9　吉川英治集
10・36　矢田挿雲集
11　岡本綺堂集
12　甲賀三郎集
13・14　松田竹の島人集
15　松本泰集
16　下村悦夫集

17 本山荻舟集
18 村山浪六集
20 白柳秀湖集
21 沢田撫松集
22 平山蘆江集
23・24 本田美禅集
25 伊原青々園集
26 土師清二集
27 高桑義生集
28 行友李風集
29 大佛次郎集
31 直木三十五集
32 三上於菟吉集
34 村松梢風集
35 新進作家集（林不忘、山下利三郎、川田功、大下宇陀児、久山秀子、角田喜久雄、城昌幸、

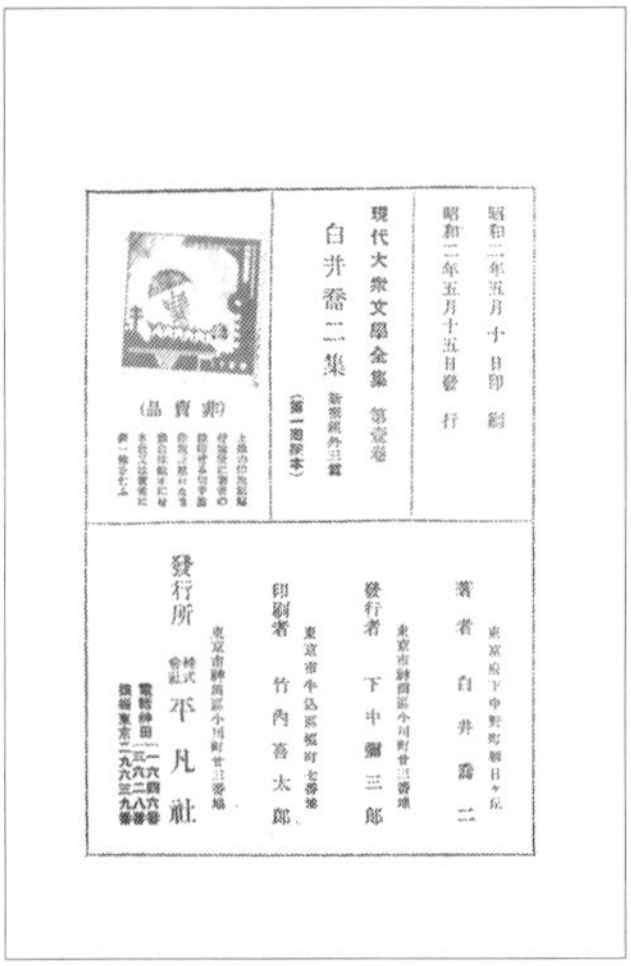
昭和二年五月十日印刷
昭和二年五月十五日發行

現代大衆文學全集 第壹卷
白井喬二集 新撰組外三篇
（第一回配本）

（非賣品）

著者 東京府下中野町朝日ヶ丘 白井喬二
發行者 東京市神田區小川町廿三番地 下中彌三郎
印刷者 東京市牛込區榎町七番地 竹内喜太郎
發行所 東京市神田區小川町廿三番地 株式會社 平凡社
電話神田 一六四六番 三六二八番
振替東京 二九六三九番

山本禾太郎、水谷準、橋本五郎）

塩澤 講談や硯友社系は江見水蔭、前田曙山、松田竹の島人、村上浪六、本田美禅、行友李風、『大衆文芸』と二十一日会系は繰り返しになるけれど、白井喬二、江戸川乱歩、正木不如丘、小酒井不木、長谷川伸、国枝史郎、本山荻舟、平山蘆江、土師清二、直木三十五、矢田挿雲、そこには属していなかったが、乱歩などとの関係から甲賀三郎、松本泰も加えておきましょう。

それから西洋文学の影響を受け、新たな大衆文学を開拓した岡本綺堂、大佛次郎、吉川英治、三上於菟吉、新聞記者や演劇関係者の流れとして、下村悦夫、沢田撫松、伊原青々園、高桑義生、考証系として、白柳秀湖、村松梢風といった感じに分類できるのではないか……。厳密なものではないけれど。

――つまり『大衆文芸』の時代小説と探偵小説を中心にしながら、旧来の時代小説をも視野に収め、それに西洋文学の影響が明らかで台頭著しい大佛や吉川などの新たな時代小説を配置し、さらにめぼしい作家たちもきちんと収録に及んでいるということになりますか。

塩澤 そういうことになるでしょうね。これに中里介山の『大菩薩峠』が入っていれば、ほぼ完璧な全集になったかもしれないが、これはちょうど同時期に春秋社から出されていたので収録できなかった。でも今年になって論創社から完全版『大菩薩峠』が刊行され始めているし、小説の出版運命というのもわからないものですね。

17 新興出版社としての平凡社

――本当にそうですね。それと『現代大衆文学全集』に介山の『大菩薩峠』が入っていないのは画龍点睛を欠く感じもあるし、気になっていましたので、『平凡社六十年史』

を確認しましたが、何の言及もありませんでした。でもおそらくそのような事情だったと思います。

それから円本時代の特殊な出版状況も関係していることはわかりますが、それまで「新講談」や「大衆文芸」と縁のなかった平凡社によって『現代大衆文学全集』が企画刊行されたのはどうしてなんでしょうか。

塩澤 講談社が講談師たちと和解したことは前述しました。それをふまえた上で、『講談倶楽部』の大正後期から昭和前半の目次を見てみると、『大衆文芸』と二十一日会のメンバーは執筆陣に入りつつあるけれど、まだ講談系や旧来の時代小説の著者たちが主流であって、『現代大衆文学全集』のような新しい時代小説を主流とする企画はちょっと無理だったんじゃないですかな。

―― 確かに同時期の講談社の円本企画が『講談全集』だったことはそれを証明しているし、『講談雑誌』などの博文館にしても、百二十五巻に及ぶ『長編講談』シリーズは版を重ねるベストセラーでしたから、そんな新しい企画は通るはずもなかった。

塩澤 だから新興出版社の平凡社と新しい大衆文学の勢力である二十一日会の意向が結びつき、『現代大衆文学全集』の刊行をみるに至った。

平凡社の下中弥三郎の意向もさることながら、二十一日会の代表、『大衆文芸』の刊行者ともいえる白井喬二の力の入れようも大変なもので、これは彼の自伝の『さらば富士に立つ影』（六興出版）にも出てくるけれど、自ら内容見本をつくり、作家たちに参加を依頼し、大衆文学の命運をかけて全面協力したわけです。しかもこれに失敗したら、筆を折って故山に骨を埋めるつもりだとの決意でもあった。

――まだ平凡社は小出版社で、倒産の噂も立てられていたので、白井はそうした事情も認識していた。書店への販売促進活動にも携わったようですから。

塩澤　その甲斐があったというべきか、初回配本の『白井喬二集』は三十三万部に及び、『現代大衆文学全集』はまず成功を収め、平凡社と大衆文学なるものの名前を広く伝えることにつながっていった。余談ながら、僕は白井さんの最晩年作『神曲』を刊行している。

18　改造社『現代日本文学全集』との比較

――これは同じ円本の改造社の『現代日本文学全集』や新潮社の『世界文学全集』に

比べ、出版史や文学史においてそれほど重要視されていないのですが、我々の視点からすれば、前二者どころではない影響と波紋をもたらした。

塩澤　それをここではっきりいっておかなければならないでしょうね。

新潮社の『世界文学全集』のことはあなたがいずれ別個に論じてくれるでしょうからひとまずおくとして、改造社の『現代日本文学全集』と『現代大衆文学全集』を対比する試みを提出しておいたほうがいい。このふたつの文学全集の刊行によって、純文学と大衆文学、もっと具体的にいうならば、芥川賞と直木賞のラインが引かれた。それは前者に芥川、後者に直木の巻が収録されていることにも表れている。

『現代日本文学全集』は明治開花期の仮名垣魯文や福沢諭吉からプロレタリア文学に至る明治大正文学の集成と見なされ、第一回配本は『尾崎紅葉集』で、次に『樋口一葉　北村透谷集』『谷崎潤一郎集』が続いた。それらのことからわかるように、こちらのほうは文学者といっても多くが大学を出ているエリートといってよく、オーソドックスな文学史に登場する人々によって占められていたし、彼らは著名な文芸誌が主たる発表の場だった。

それに対して、『現代大衆文学全集』の作家のほうは両者とも一巻を占めている大佛次郎を除いて、長谷川伸や吉川英治などに示されているように、正規の学歴を有しておらず、非エリートの立場にあり、大正時代を起源とする新興文学に属する扱いだったし、時代小説や探偵小説は『講談倶楽部』や『講談雑誌』などの娯楽誌に発表されていた。
だから同じ「現代」と「文学」がタイトルに含まれているにしても、歴史、作家の出自、発表媒体などは対照的だったと考えられる。もちろん両者とも新聞連載もありますが、こちらも夏目漱石などは大新聞の『朝日新聞』、長谷川伸たちは小新聞の『都新聞』が主な舞台だった。

―― そこまで意識していませんでしたが、確かにそのとおりですね。それに講談社は戦前において、マス雑誌出版社ではあったけれど、文学史に残る名作や名著は出しておらず、『現代日本文学全集』の文学者たちの講談社に対する評価は非常に低かった。戦後になってそのイメージが変わったのはひとえに『群像』を創刊し、『日本現代文学全集』百十巻を刊行したからでしょう。

塩澤　だから昭和十年代に『講談倶楽部』は五十万部を超えたといわれていますが、評価というのは推して知るべしで、それは『現代大衆文学全集』の作家たちにもつきまとっていたと考えていい。

―― それはものすごくよくわかります。今では時代小説と推理小説が全盛ですが、一九七〇年代までは詩と文学が圧倒的に優位で、まだサブカルチャーの時代ではなかった。筒井康隆などは「士農工商SF作家」と称していいほどSFは差別されているといっていましたから。

塩澤　そういった事実を明らかにすることもこの「出版人に聞く」シリーズの目的のひとつなんでしょうね。

19　どちらが売れたのか

――塩澤さんから『現代日本文学全集』と『現代大衆文学全集』の対照的な事柄の指摘が出されましたが、私のほうからは逆に共通点を挙げてみたい。

まず円本ですので判型とページ数は異なるにしても、定価の一円は共通している。それに当初は前者が三十七巻で、最終的に六十三巻、後者も三十六巻が六十巻、昭和初期の出版時期、五年に及ぶ刊行期間もほぼ同じです。また初回部数ですが、こちらも似通っていて前者は二十三万部、第二回募集を含めて三十万部を超え、後者は前述したように三十三万部だったと伝えられています。

塩澤　ということは『現代大衆文学全集』のほうが部数も多かった。

――まあ、これらは公称部数なので、実売部数はわかりませんが、両者とも三十万部といったところじゃないでしょうか。でも実際に読まれ、売れたのは『現代大衆文学全集』のほうだと思って間違いないと思います。

塩澤　そうすると、これは文学的評価とかは別にして、当たり前のことだけれど、「現代文学」より「大衆文学」のほうが読まれていた。物語性と面白さからいえば、それが当然なのだが、この事実は余り語られていないんじゃないかな。

――両者とも円本特有のゾッキ本として特価本業界に流れるわけです。その引き取り値段について、誠文堂新光社の小川菊松が『出版興亡五十年』（誠文堂新光社）の中で証言していて、それによると『現代日本文学全集』が一冊当たり十二銭で三十万部、『現代大衆文学全集』が同十三銭で二十万部となっていますから、返品も少ないし、ゾッキ評価も高いという事実の一端を告げています。

塩澤　そうすると、まだ歴史の浅い「大衆文学」のほうが急激に広く読まれるようになっていったことを示しているし、「現代文学」の文学者たちが円本成金となり、家を建てたり、洋行したりしたエピソードが華やかに伝えられているけれど、「大衆文学」の作家たちも同様というよりも、一人一巻、もしくは複数の巻の割り当てから考えれば、倍以上の印税が入ってきたことになるわけですね。

―― それに塩澤さんがいわれたように「大衆文学」の作家たちのほうが苦労人も多いから、多くの弟子を抱え、彼らを育てることにも印税が使われた。そのことによって、「大衆文学」の多彩な書き手たちが生まれてきた。もちろんピンからキリまででしょうが。

20 長谷川伸、新鷹会、新小説社

塩澤 そういわれてすぐに思い出すのは長谷川伸のことです。前述した第三次『大衆文芸』は一九三九年に創刊され、長谷川伸と彼が主宰する新鷹会の機関誌といってもいいもので、その出版費用は長谷川が面倒を見ていたはずです。

―― 発行元は新小説社で、これは長谷川の娘婿の島源四郎が営み、長谷川も『日本捕虜志』などの労作を出している。

塩澤 長谷川は大衆文学の新人育成のために、新鷹会と『大衆文芸』と新小説社を主宰し、それらの経費のすべてを担っていたこともあって、多くの直木賞作家を含む人材が輩

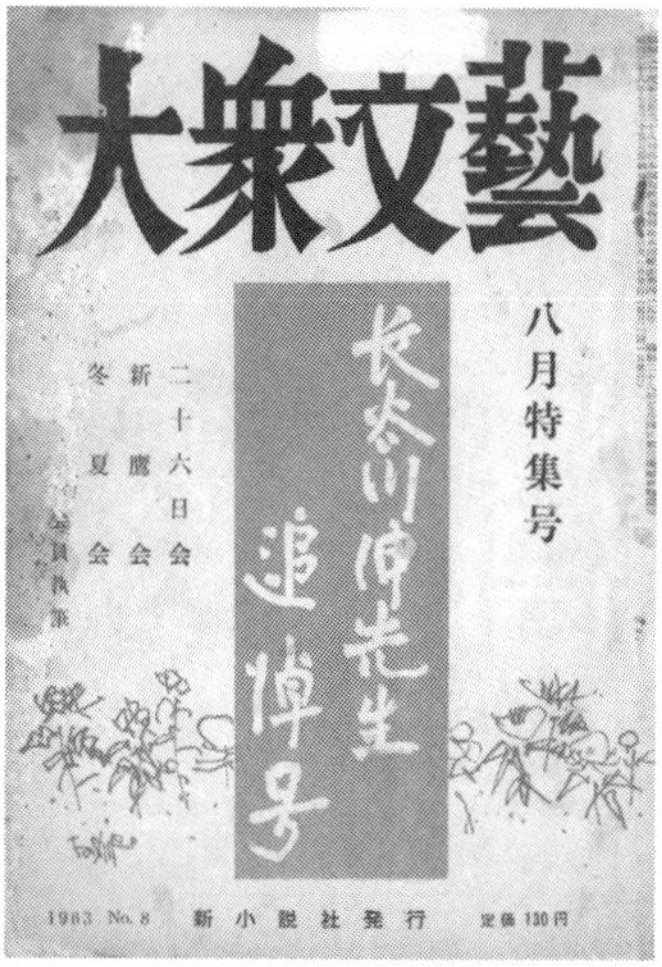

出した。山岡荘八、山手樹一郎、村上元三、河内仙介、田岡典夫、山田克郎、戸川幸夫、新田次郎、平岩弓枝、池波正太郎などもそのグループのメンバーだった。十年ほど前に光文社文庫でそれらの新鷹会メンバーのアンソロジーが編まれていましたね。

――そしてそれらの周辺には多くの倶楽部雑誌が存在し、戦後まで続いていく。そうした『現代大衆文学全集』に続く確固とした強力なラインがあり、大衆文学の水脈が戦後になってあらためて開花したとも見なせますか。

塩澤　そう見ていいでしょうね。それに探偵小説のほうだと、江戸川乱歩が長谷川伸のような役割を果たし、こちらの多くの作家を育てたといっていい。探偵雑誌『宝石』の面倒も引き

受けたし、山田風太郎から乱歩ならぬ「乱費」と呼ばれたほどお金を使ったといわれている。
それと戦後になって、カストリ雑誌ではないけれど、娯楽に飢えていた状況もあって多くの倶楽部雑誌とよんでいいものが次々と創刊、復刊された。思い出すままに誌名と出版社を挙げてみると、『読物と講談』『新読物』（いずれも公友社）、『小説の泉』（矢貴書店）、『実話と講談』（土曜文庫）、『講談雑誌』（博友社）、『読切講談』（大衆社）、『ポケット講談』（青燈社）、『実話と読切』（博文閣）などです。

21 戦後の『講談倶楽部』

―― それから『講談倶楽部』が戦後の四六年二月号まで出され、三年ほど休刊になりますが、四九年一月から復刊され、六二年まで刊行されている。このインタビューのために、戦後の『講談倶楽部』を七冊ほど入手していますので、その五十年にわたる長い歴史の最後のシーンを眺めるにすぎないにしても、これらを具体的に見ていきたい。それでかまいませんよね。

塩澤　けっこうです、それにしても懐かしいなァ。かつての倶楽部雑誌のイメージとニュアンスが表紙と造本にそのままこめられている。書影をぜひ掲載してほしいな。

――そのつもりでいます。こうしたビジュアルセンスもはや消えてしまったものですから、今となってはレトロイメージの典型かもしれないし、講談社の倶楽部のタイトルがつく雑誌の表象でもあり、戦前のみならず、戦後になっても続いていた講談社文化なるもののありかを告げているような印象も含まれていますので。

塩澤　ところで、これらは古書価が高いですか。

――繰り返しになりますが、「日本の古本屋」を見ても『講談倶楽部』の在庫は多くなく、戦前の号ですと数千円以上、戦後のものですと千五百円ほどで、五十年間にわたって出され、五十万部を超える時期があったにしては残っていない典型的な雑誌かもしれません。

塩澤　それは立派な値段です。よく読まれ、消費されて残っていないという大衆娯楽誌の宿命みたいなものを背負っていることになるのかしら。

―― そういうことになるんでしょうね。それに加えて創刊号はともかく復刻もされないし、全号を持っている人は誰もいないんじゃないでしょうか。

塩澤 大衆小説や探偵小説の研究者やコレクターが倶楽部雑誌にまで触手を伸ばし、集めていると仄聞していますけれど、そうした古本状況だと非常な困難を伴っている。

―― そうでしょうね。我々にとっても山本明の『カストリ雑誌研究』に匹敵するものが出現してくれると有難いのですが、それは難しいでしょうね。カストリ雑誌が戦後の一時期に集中していることに対し、倶楽部雑誌は戦前から続いていることもあって、すでに時期が遅すぎるし。

それはともかく、『講談倶楽部』の最初の一冊は敗戦の一九四五年十二月号で、翌年二月号で休刊ですから、戦後の混乱の只中で出されたことになります。

22　一九四五年の『講談倶楽部』

塩澤 この頃まだ僕は十五歳だったし、戦後の仙花紙の雑誌や創刊された『展望』など

一九四五年の『講談倶楽部』

の記憶はあるにしても、これは覚えていない。でもこの六十八ページの粗末な薄さは紙が不足していた敗戦後の出版状況をまさに物語るもので、どの雑誌にも共通していた。それでも活字に飢えていたから、どんな雑誌でもむさぼるように読まれたことは間違いない。

それとGHQによる占領に伴い、戦時下の「新聞言論制限法令全廃」の指令が日本政府に通達され、言論と出版の自由が与えられたこともあって、新興出版社が雨後のタケノコのように叢生し、雑誌の復刊や創刊ものすごい勢いで出されていった。

敗戦の前の四四年に出版企業整備によって四千社近くあった出版社は二百余に統合され、その一年間で雑誌も二千三百誌が廃刊になっていたから、その反動もあって、四六年には出版社は二千五百社、翌年には三千五百社、翌々年には四千五百社に達していた。そうした背景があるので、推定だが雑誌創刊も一万誌以上に及び、倶楽部雑誌的なものもかなりあったと思いますよ。

だからこの薄い『講談倶楽部』だって飛ぶように売れたはずです。『ロマンス』もそうだったから。

―― 表紙は書影に見られるように吉村忠夫の「刺繍」と題する絵で、それをめくると、田中絹代などの芸能人のグラビアが四ページ、そして時代小説として、山本周五郎「晩秋」、大林清「万骨枯る」、現代小説として、北町一郎「橇」、浅野武男「小さい仲間達」、相撲講談として、大島伯鶴「名物幸助餅」の五本が並び、後は武者小路実篤や舟橋聖一の随筆の他に読物、コラムとなっている。

塩澤 小説のことはともかく、山本の「晩秋」のページに大日本雄弁会講談社の社告、及び講談が一本入っていることが面白いですね。それに奥付の編輯人が原田常治であるのは意外だった。翌年に『講談倶楽部』が休刊になったことも関係し、彼はロマンス社へ移ってきたとわかる。

―― それから「後記」も原田名で記されていますが、「社告」のとおり前経営陣の総辞職と野間省一の新たな社長就任に伴う「新しい日本文化建設にふさはしい新講談社の再出発」が告げられている。そこでもう一度「社告」を読んでみると、各編集長と各部課長もその地位を辞退し、機構や人事を刷新とあるので、それがきっかけとなって原田だけでなく、ベテラン編集者たちがロマンス社へと移っていったのでしょうね。

塩澤　やっぱりこうして実際に敗戦年の『講談倶楽部』を見てみると、当時の様々な出版事情や状況が浮かび上がってくるものですね。

23　一九四九年の『講談倶楽部』

――　次は復刊となった四九年八月号で、伊東深水の表紙に「傑作小説銷夏大特集号」とあり、ページも四五年の三倍ほどの百八十二ページになっていて、用紙事情が回復し始めたことを示しているのでしょう。定価は四五年版の九十銭に対して八十円です。

塩澤　その一方で、この年は国策取次だった日配が閉鎖機関に指定され、その代わりに東販、日販、中央社、大阪屋などの新取次が設立され、取次流通ルートが変わった。ただそれは冬になってからなので、まだこの八月号は日配を通じて販売されていた。

―― 出せば何でも売れたのは四六年までで、四七年から四八年にかけては新興出版社を始めとして、返品洪水で千五百社ほどが倒産したといわれ、それらの没落とは逆に戦前からの大手出版社が盛り返してきたと伝えられています。

塩澤 新しい取次の誕生はそれを象徴していた、東販は講談社などの大手雑誌出版社、日販は書籍中心の出版社をバックにして成立し、戦後もまた雑誌を主体にして出版業界が成長していくことになる。そうした動きと『講談倶楽部』の復刊や増ページも絡んでいる。

―― そういえば、この『講談倶楽部』の広告に「躍進する講談社の七大雑誌」として、『こどもクラブ』『幼年クラブ』『少女クラブ』『少年クラブ』の児童四雑誌、及び『群像』『婦人倶楽部』『キング』が掲載されています。児童誌は「クラブ」と名前を変えたものの、講談社の復活を伝えているようですね。

塩澤 その中でも特筆すべきは四六年の『群像』の創刊です。これがなかったら講談社は戦前とそれほど変わらなかったかもしれない。

―― この『講談倶楽部』には十二本の小説が寄せられていますが、巻頭に坂口安吾の風刺小説「現代忍術伝」が掲載され、他が土師清二、大林清、西川満、角田喜久雄、山田克郎などの新鷹会のメンバーなので、ひときわ目を惹きます。だから坂口も『群像』絡みで、『講談倶楽部』にも書くようになったとも推測できる。

ただこの号も表紙のイメージを含め、まだ戦後の過渡期の印象が強いので、現在の小説誌と同じ厚さになった五〇年代の五冊を見てみたいと思います。それらは五三年初夏大増刊号、五四年一月、十月号、五七年六月号、五九年十月号で、三百五十ページから四百五十ページ、定価は百円から百三十円になっている。もっと多く集めることができればよかったのですが。

24　一九五〇年代の『講談倶楽部』

塩澤　いや、これで十分ですよ。五〇年代の『講談倶楽部』のイメージと内容はこの五冊だけでもよくわかるし、これらがまた五〇年代の多くの倶楽部雑誌の範となっていたことも思い出される。五四年一月号の村松乙彦による表紙はいかにもといった感じで、新年号らしさが伝わってくるし、その他の岡田茉莉子、久我美子、白川由美という当時の人気女優を表紙にした号にしても、大手出版社の娯楽雑誌に共通するイメージがある。これら

もぜひ書影を掲載してほしいですね。

――内容のほうなんですが、一号ずつ見ていくのは繰り返しが多くなってしまいますので、五冊全体を通じてということで、どうでしょうか。

塩澤　そのほうがいいですよ。ある意味で、倶楽部雑誌というのは偉大なるマンネリの世界でもあるから、個々の作家、特定の著者を追いかけたり、研究したりするには一冊ごとの吟味が必要かもしれないが、まとめて見たほうがよく俯瞰できるんじゃないかな。

十五本から二十本近くの小説にカラーグラビア、漫画、読物、埋草記事といった構成は変わらないし、といってそれらの全部に言及することはできないので、小説に限定するしかないの

だが。

――それでは作家の名前を挙げてみます。

山手樹一郎、柴田錬三郎、舟橋聖一、横溝正史、山岡荘八、鳴山草平、藤原審爾、村雨退二郎、長谷川幸延、田岡典夫、新田潤、牧野吉晴、島田一男、鹿島孝二、源氏鶏太、志智双六は二度以上登場しています。

単発の作家をアトランダムに挙げますと、摂津茂和、倉島竹二郎、梶野悳三、宇井無愁、井手俊郎、木村荘十、川上直衛、宮本幹也、若杉慧、北條誠、宮崎博史、大久保敏雄、森三千代、榊山潤、南達彦、藤田澄子、邦枝完二、浜本浩、城昌幸、林二九太、京都伸夫、林房雄、伊藤佐喜雄、橋爪健、滝口康彦、伊藤桂一、佐川恒彦、氏家暁子、有馬頼義、海音寺潮五郎、

長谷川伸、角田喜久雄、今井達夫、戸川幸夫、村上元三、檀一雄、中村八朗、瀬戸内晴美、井上孝、新田次郎、百谷泉一郎、阿南不可二、土岐雄三、大藪春彦などです。

これらは五〇年代半ばから後半の号なので、戦後に比べ、時代小説が圧倒的に少なくなっていて、常連は山手樹一郎、角田喜久雄、村上元三くらいで、柴田錬三郎にしても山岡荘八にしても、現代小説を書いている。

塩澤　それは探偵小説も同様で、横溝正史、島田一男に加え、大藪春彦が顔を出している程度であるけれど、この理由はわかる。当時は探偵小説や推理小説専門誌として、『宝石』が出され、江戸川乱歩が経営と編集に携わり、乱歩賞も『宝石』に掲載後に講談社から刊行されることになっていたから、『講談倶楽部』は探偵小説や推理小説に力を入れていなかった。

――江戸川乱歩賞のことは五九年十月号に「入選発表と来年度募集」が一ページ掲載

され、入選が新章文子『危険な関係』、次席が笹沢佐保『招かれざる客』となっていますね。

塩澤 それで結論が先になってしまうけれど、あなたが『講談倶楽部』に書いている作家名を挙げている間に僕の『戦後出版史』（論創社）で確認したのだが、もはや『講談倶楽部』が時代のニーズに合わなくなっていたことは明瞭ですね。

――そこら辺を解説してくれませんか。

25 探偵小説から推理小説の時代

塩澤 例えば、横溝の「幽霊男」は探偵小説と銘打たれている。ところがもはや探偵小説ではなく、推理小説の時代に入っていた。松本清張が五八年に『点と線』『眼の壁』（いずれもカッパ・ノベルス）を出し、翌年には『ゼロの焦点』が続き、三冊ともベストセラーになって、それからは社会派推理小説の時代を迎えた。

清張の『点と線』は『旅』、『眼の壁』は『週刊読売』に連載されたもので、その二誌と社会派推理小説の連携、カッパ・ノベルスという新書判によるベストセラー化は『講談倶楽部』の時代が終わりつつあったことを象徴していたんじゃないだろうか。

それは時代小説にしても同様です。柴田錬三郎や山岡荘八の名前も出たから、こちらも確認してみると、柴田が『週刊新潮』に『眠狂四郎無頼控』を連載し始めるのが五六年、山岡がまさに講談社から『徳川家康』の最初の三巻を刊行するのが五三年なのに、『講談倶楽部』にはいずれも現代小説として、柴田の「映画地帯」、山岡の「二妻政治」などが掲載されている。二人が売れ出すのは『眠狂四郎無頼控』が単行本化され、『徳川家康』が経営者のバイブルともてはやされる五八年になってからだとしても、時代のニーズに応えた小説の動きをキャッチしていれば、こうした問題小説や社会風刺小説を頼むことはなかったはずだ。

――なるほど、そういったところに半世紀にわたって出されてきた『講談倶楽部』のマンネリの弱点が表われていたわけですね。

塩澤 それでいて、一方では五八年に『野獣死すべし』でデビューしたばかりの大藪春彦のハードボイルド「野獣の街」を掲載しているのだから、何かちぐはぐな感じで、それは『講談倶楽部』のあせりというか、新しい血を導入する必要に迫られ始めていた事情を示しているのかもしれない。

――雑誌も休廃刊が近づいたりすると、それに似合わない紙面刷新やリニューアルをして、さらに読者の減少をまねくようなことがよくありますからね。

塩澤　まあ、時代小説と探偵小説のことだけでも、そんな印象を禁じ得ない。でもそれは『講談倶楽部』に対してだからいえることで、我々が関係していた倶楽部雑誌はまだはるかに遅れた旧態依然の世界でしたが。

でもそれはともかく、拙著ながら『戦後出版史』はよくできていて、この一冊で戦後の雑誌とベストセラーをめぐる事柄がわかるようになっている。それはあなたが苦労して編んでくれたからで、自分で言うのはおこがましいが、何とも便利な一冊だと感心してしまう。

――塩澤さんの畢世の大著というべき『出版社大全』（論創社）に比肩する一冊を目ざして編みましたので、そうおっしゃって頂くととても光栄です。それに評判もよく、重版もしていますから、私としても少しばかりお役に立ったかと安堵しております。

でもそれはさておき、まだ先に挙げた『講談倶楽部』をめぐる作家たちについて続けなければなりません。

26　作家たちのプロフィル

塩澤　確かにそうですね。今の若い人などはほとんど知らない作家ばかりだろうから。

――いや、それは若い人どころか、私など六十代の世代でも知らない作家が多い。各種の文学事典にも立項されていない作家もかなりいるでしょうし、塩澤さんに解説とまではいかなくても、わかるかぎりふれて頂ければと思います。

塩澤　まず長谷川伸の名前も出ていたので、彼から始めると、股旅小説「人肌の櫛」は再録じゃないかな。彼は六三年に亡くなっているが、掲載の五四年というと、『日本捕虜志』などのノンフィクションに打ちこんでいたので、このように股旅小説はもう書いていなかったはずです。それに新たに書き下ろしたとすれば、巻末に近い収録ということはなく、まして新年号なんだから、巻頭に据えられるのが当然です。そうでないことはこの「人肌の櫛」が新年号のためのご祝儀的再録であることを物語っていると考えられる。

――倶楽部雑誌における再録問題、しかもそれが初出とタイトルが変わったりしていることも多いとされていますが、その判断は本当に難しい。でもこの「人肌の櫛」は塩澤さんのいうとおりでしょうね。

塩澤　本当は『長谷川伸全集』を読み上げ、タイトルと内容を確認すればいいのだが、さすがに僕のような歳になると、そこまでの根気はない。

――　それは私だって同様ですし、全集も所持していませんが、気にはかけておきます。

塩澤　その長谷川が新鷹会を主宰し、『大衆文芸』という機関誌を出していたことは先述しましたが、これは戦後までも続き、これらの『講談倶楽部』のバックボーンにもなっていることが作家の顔触れからわかる。あなたが挙げてくれたリストからそのメンバーをもう一度、四九年の号も含め、抽出してみます。その他の作家たちもこれは少しばかり便宜的かもしれないけれど、いくつかのグループに分けられるので、簡単なチャートを作成してみましょう。

＊新鷹会と『大衆文芸』／山手樹一郎、山岡荘八、長谷川幸延、田岡典夫、戸川幸夫、村上元三、志智双六、梶野悳三、浜本浩、林二九太、土師清二、西川満、大林清、山田克郎

＊戦後小説雑誌／石坂洋次郎、舟橋聖一、柴田錬三郎、有馬頼寧、藤原審爾、倉島竹二郎、井手俊郎、宮崎博史、若杉慧、橋爪健、檀一雄

＊『サンデー毎日』と『文学建設』／海音寺潮五郎、村雨退二郎、鹿島孝二、源氏鶏太、宇井無愁、木村荘十、宮本幹也、北町一郎

＊『新青年』／横溝正史、鳴山草平、摂津茂和、南達彦

＊『宝石』／城昌幸、島田一男、大藪春彦

ここに分類しなかった作家たちにもふれておきます。邦枝完二は戦前からの『お伝地獄』などで知られた時代小説家、林房雄は元左翼、伊藤佐喜雄は『日本浪曼派』同人で、榊山潤と同じく戦前から時代小説を手がけている。牧野吉晴は戦後の少年少女誌や婦人誌の人気作家、中村八朗は丹羽文雄の『文学者』、伊藤桂一は『近代説話』により、青春小説や戦記小説を書き、新田次郎や滝口康彦や瀬戸内晴美は大藪と同じく新人作家のうちに数えられる。

それから付け加えておかなければならないのは映画、演劇関係者の多いことで、志智双六、長谷川幸延、北條誠、井手俊郎、宮崎博史、京都伸夫などです。

第Ⅲ部

27　直木賞作家たちとの関係

――私はこれらの『講談倶楽部』が出された時代に生まれていますので、その世代からの印象を述べてみたいと思います。

まず作家たちですが、柴田錬三郎や山岡荘八といった時代小説家、当時は新人だった瀬戸内晴美や新田次郎、大藪春彦以外はもはや読まれてもいないし、忘却されつつあるのではないか。その彼らにしても文庫化が途切れてしまえば、消えてしまうのではないか。まずそう思いました。

それから直木賞作家は多くいて、戦前は海音寺潮五郎から始まって、村上元三、木村荘十、戦後は山田克郎、檀一雄、源氏鶏太、藤原審爾、有馬頼義、戸川幸夫、新田次郎、伊藤桂一といった具合で、『講談倶楽部』から受賞作が出たのか、あるいはその近傍に位置していたかはわかりませんが、少なくとも受賞作家たちの作品の掲載はあったことになる。

塩澤　そこが肝心なところです。おそらく『講談倶楽部』から直木賞受賞作は出ていいない。博文館の『新青年』、新鷹会の『大衆文芸』、文藝春秋社の『オール讀物』、新潮社の『日の出』からは出ているのにどうしてかというと、文学の分野において、講談社は一段低く見られていた。前述しましたように戦後に『群像』を創刊したので事情は変わりましたが、芥川賞受賞作も刊行していないし、そうした意味ではマス雑誌出版社ではあっても、決して文芸書出版社ではなかった。舟橋聖一も明らさまにそう言っています。

――だから大衆文学の分野においても、『講談倶楽部』もそのように見られていたことになるわけですね。

塩澤　それから川口則弘編『消えた受賞作　直木賞編』（メディアファクトリー）で知ったのだけれど、海音寺潮五郎や木村荘十の受賞作はずっと入手困難で、この本に収録されることで読めるようになったようだ。

――つまり『群像』新人賞で村上龍や村上春樹をデビューさせ、文芸文庫や学術文庫を刊行するに至っている講談社の現在と戦前のイメージはまったくとはいわないけれど、かなり異なっている。

塩澤　そう考えたほうがいいし、『講談倶楽部』の内容や作家たちのことも、その視点を抜きにしては語れないでしょう。しかもこの『講談倶楽部』が倶楽部雑誌のトップにあり、模範になっていたこともね。

―― 作家たちのことに戻りますが、次に分類された戦後小説雑誌で売れていた人たちにもふれてみてくれませんか。

28 藤原審爾と橋爪健

塩澤 石坂洋次郎は戦後に『青い山脈』や『石中先生行状記』で圧倒的人気をよび、本当に流行作家だった。それから今では舟橋聖一もほとんど読まれていないだろうけれど、この時期の大人気作家だった。有馬頼寧や藤原審爾や檀一雄なども直木賞を受賞し、何でも器用に書き分けられるし、読者にしても編集者にしても、喜ばれる存在であり、それは柴田錬三郎も同様でした。でもこれだけのメンバーを揃えられるのは『講談倶楽部』だけで、我々はたいへん羨ましく思っていたものですよ。

―― 塩澤さんは藤原と親しかったんじゃないですか。『戦後出版史』に「塩澤実信君の三部作出版記念会」写真が収録され、そこに藤原が激励のスピーチをしている場面が写っていますし。

塩澤　あれは僕が出版三部作として『出版社の運命を決めた一冊の本』『創刊号に賭けた十人の編集者』『作家の運命を変えた一冊の本』（いずれも流動出版）を出した八二年に藤原さんや色川武大さんたちが発起人となって開いてくれたものです。とても有難かった。彼には『週刊大衆』時代にもレスビアンの世界を描いた『赤い関係』をはじめ『総長への道』など連載してもらい、好評を博したこともあり、長いつき合いでありましたから。

――そういった塩澤さんとのプライベートなことも含めた関係もあり、双葉社から藤原の作品集が出されたのだと納得がいきます。

それもさることながら、塩澤さんは以前に橋爪健に私淑していたと語っておられましたが。

塩澤　橋爪さんは信州の高遠生まれで嬰児の時に静岡県の沼津へ移り育っていますが、出自の地は、僕と同郷でもあります。彼は川端康成と一高時代から親しい関係で、戦前に『婦人倶楽部』の特派記者を務め、熊谷寛と親しく、戦後に『ロマンス』を特色づけた冒頭の絵物語を書いていた。それで僕は親しくなり、いわば弟子筋のような関係になり、文章修業に励んだのです。全くものにはなりませんでしたが……。

29 『サンデー毎日』のこと

―― それは初めてうかがいます。その関係から『講談倶楽部』にも書くようになったのでしょうね。私は『多喜二虐殺』（新潮社）や『文壇残酷物語』（講談社）の著者としてしか橋爪を知りませんでしたので。

次に『サンデー毎日』と『文学建設』の作家たちに移らせてもらいます。

塩澤 これもややこしいのだが、『サンデー毎日』といっても、現在も出ている同じタイトルの週刊誌とは内容がちがう。これは大正十一年（一九二二）に大阪毎日新聞社から創刊された週刊誌であるけれど、売れ行きはよくなかった。ところが年四回講談や読物を中心とした特別増刊号を出したところ、こちらのほうがよく売れたので、十三年から読物中心の週刊誌へとリニューアルし、巻頭に白井喬二の『新撰組』を連載し、大衆文芸誌へと転換した。

―― 白井の『新撰組』といえば、それこそあの平凡社の『現代大衆文学全集』の第一回配本『白井喬二集』に収録されたものですね。

塩澤　いきなり『サンデー毎日』、白井の『新撰組』、『現代大衆文学全集』がつながってしまう。それに関連して、大正十五年から『大衆文芸』の懸賞募集が実施され、その発展と多くの新人作家を登場させるという多大な貢献をもたらしたわけです。その第一回入選は角田喜久雄、先に挙げなかったけれど、山手樹一郎、村上元三、中沢巠夫、陣出達朗、沙羅双樹、茂木草介、稲垣史生など、戦後には杉本苑子、永井路子、寺内大吉、南条範夫、黒岩重吾も入選し、「大衆文芸」の大阪における比類なき新人の揺籃の地であったともいえる。

――花田清輝が「七」でデビューしたのも『サンデー毎日』だった。それに確か三代目編集長の千葉亀雄の功績が大だったと伝えられていますし、野村尚吾に『週刊誌五十年』（毎日新聞社）という「サンデー毎日の歩み」をたどった一冊があり、巻末に大正十五年から昭和三十年代にかけての「『懸賞小説』入選一覧」が掲載されています。これも目を通していると興味

が尽きません。

塩澤　それには入選者の他に、選外佳作に終わった人たちの名前も多く収録されているので、このうちのかなりの人数が倶楽部雑誌の書き手になったのではないかと想像してしまう。

――大いにありうることでしょうね。おそらく『奇譚クラブ』も大阪で出していたから、何人かは書いていたんじゃないでしょうか。「大衆文芸」の大阪における強力なメディアとしての『サンデー毎日』はもっと注目され、研究の対象となってしかるべきだと思いますが。

塩澤　本当にそうですね。これは倶楽部雑誌がテーマだから、これ以上の言及はできないので、それに期待したい。

30　『文学建設』のこと

――さて次に『文学建設』についてうかがいます。これも文学事典などでは立項されていない。

塩澤　『文学建設』というのは『大衆文芸』と同じ頃に創刊された同人誌で、長谷川伸たちとは異なる大衆文学の発展と向上、その現代にふさわしい新たな創造を目的としたもので、同人は海音寺潮五郎、丹羽文雄、三木蒐一、村雨退二郎、岩崎栄、乾信一郎、伊馬春部、戸川貞雄、岡戸武平、納言恭平、片岡貢、鹿島孝二、高橋鐵、玉川一郎、中沢巠夫、蘭郁二郎、村上啓夫、黒沼健、山田克郎、笹本寅、北町一郎、菊田一夫、南沢十七、戸伏太兵などだった。

――『サンデー毎日』や『新青年』系の作家が混じり、私などにとっては懐かしい名前が多い。高橋鐵といえば、『あまとりあ』で有名なセクソロジスト、乾信一郎や村上啓夫や黒沼健は初期のポケミスの翻訳者、さらに黒沼は海外の謎と秘境シリーズの著者、菊田一夫は『君の名は』のベストセラー作家、それに私は村雨退二郎についての一編を書いています。

塩澤　だから戦前の『大衆文芸』、『サンデー毎日』、『文学建設』、『新青年』などに関係していた作家たちで、『講談倶楽部』を始めとする倶楽部雑誌は成立していたと見なすこともできるわけです。いや、それらの作家たちとその弟子たちというべきかな。これは今では想像できないけれど、それほど著名でない作家にしても自分の弟子たちを抱えていて、『講談倶楽部』は無理だとしても、我々が関係していた倶楽部雑誌への作品の掲載を斡旋したり、紹介したりしていた。

31　山手樹一郎と弟子たち

――つまり大衆文芸の世界にも所謂文壇が成立していたし、戦後になってもそれは続いていた。

塩澤　具体的に例を挙げますと、長谷川伸に多くの弟子というか門下生がいることは誰もが知っている。ところがその門下の山手樹一郎などもやはり多くの弟子がいて、グループをつくっていた。彼は博文館の出身で、『譚海』編集長だったし、その関係で山本周五郎とも親しかった。それに息子の井口朝生も作家だから、長谷川門下の長老のような感じだった。

――また山手は『読物と講談』に『夢介千両みやげ』を連載し、戦後の混乱した社会において大いなる好評を博し、時代小説家としての名を不動のものにし、貸本屋最大の人気作家だったといいますから。

塩澤　まあ、山手樹一郎は特別ですが、長谷川門下の作家の誰もがそれなりに弟子を抱えていたことになる。ひとつにはそうすることが長谷川門下の証しだったともいえるし、その多くがそういうものだと思っていたんじゃないかな。

――時代小説の書き方を身につける修業プロセスとして、門下生システムは理にかなっていたかもしれませんね。

32　牧野吉晴、富沢有為男、川内康範

塩澤　古き時代のシステムといわれれば、それまでだけれど、そういうところに出入りすることは編集者として勉強になったのも確かです。

――それで思い出したのですが、『講談倶楽部』の作家として牧野吉晴の名前を挙げましたが、彼は空手小説の分野を開拓した作家でもあり、掲載作品も「飛燕」という空手

小説でした。これは誰も指摘していないにしても、梶原一騎の空手コミックなどにも影響を与えているんじゃないか。

　また牧野は富沢有為男と親しく、一緒に美術文芸誌『東洋』の編集に携わり、富沢はこれに発表した『地中海』で芥川賞を受賞し、その後右傾化する。高倉健主演の映画『侠骨一代』は富沢の原作で、それは戦後においても立場が変わらなかったことを示していますが、彼の弟子が川内康範なんです。

塩澤　あの川内かな。『週刊大衆』時代に小説を連載してもらい、何度も会っている。

――これは説明すると長くなってしまいますので、簡略にいいますと、川内は私たちの世代にとっては忘れられない漫画や映画やテレビドラマの『月光仮面』や『アラーの使者』の原作者で、そのファクターは富沢の思想状況を背景にして紡ぎ出されたのではないかと推理しています。

それから山田克郎の名前もありましたので、彼についてもいえば、これも映画やテレビドラマや漫画の『怪傑ハリマオ』の原作者です。

これらの事柄は倶楽部雑誌の周辺から戦後のヒーローや物語が生まれてきたように思われてならないのです。

33 小池一夫伝説

塩澤　いわれてみれば、双葉社だって倶楽部雑誌から始まってコミック誌に至り、出版社の位置を築いたわけだから、そのような構図が当てはまる。今思い出したけれど、双葉社のコミックの金字塔『子連れ狼』の原作者の小池一夫は山手樹一郎の弟子を自称している。

――　大西祥平の『小池一夫伝説』（洋泉社）によると、小池は大学に入るために上京し、まず最初にしたのは、中学時代から愛読していた山手樹一郎の門を叩くことで、大学生だったことから即時の弟子入りは許されなかったが、特別に師事を許され、山手の書庫から時代小説の資料を借りては読みふける日々を送ったとされています。

塩澤　僕も山手のところに盆暮れには挨拶にうかがっていたから、その江戸時代の資料コレクションは見ています。彼は万年筆の収集家でもあった。それはともかく、コミックの原作者なのに山手の弟子を自称するのはどういうことかと思っていたけれど、そういうことだったのか。それでようやく納得がいく。

――それから小池はさいとう・プロダクションに入り、『ゴルゴ13』や『無用ノ介』の原作者への道を歩んでいくわけですが、さいとう・たかをが大阪出身の劇画家だとすると、小池との出会いによって、現代の新たな立川文庫を出現させたと考えることができるようにも思われるのです。

塩澤　なるほどね。立川文庫は大阪の出版物だったのでふれなかったが、新たな大衆文芸としての時代小説のエキスは講談プラス立川文庫をベースにしているといっていいから。

――それに前掲書によれば、小池は小学生時代から秋田の実家近くの素封家の蔵に入って立川文庫や講談本を次々に読破していたと述べられています。

塩澤　ということは戦後の山手と倶楽部雑誌に代表される時代小説などを読んでいたはずだし、それが全面的に後のコミック原作へと反映されていることになる。ここにサブカルチャーの戦前から戦後にかけてのつながりが明確に見てとれるし、その先行する流れに『月光仮面』も『アラーの使者』も『怪傑ハリマオ』も位置しているというわけか。

34　光文社の『面白倶楽部』

――これらのことも言及していくときりがありませんので、先に進みます。今度は講談社の子会社光文社の『面白倶楽部』で、こちらは一九五六年の七月、九月号の二冊を入手しています。

塩澤　この光文社の『面白倶楽部』も懐かしいですね。これも戦前に講談社から出されていて、戦後に光文社がそのタイトルを引き継ぐかたちで、復刊したものです。戦後の倶楽部雑誌として、『講談倶楽部』と並ぶメジャー誌だった。

講談社は『講談倶楽部』『少年倶楽部』に続いて、一九一六年に『面白倶楽部』を創刊

する。これは『講談倶楽部』と似ているけれども、読物や記事をもっと短くし、しかも広く一般大衆に見合った多種多様なものを提携し、読者の範囲をさらに拡げるいうコンセプトで始まった。

―― 文字通り広く「面白」い雑誌ということになる。

塩澤　まさにそういうことだったんだが、ただユーモア小説とか漫画といったものが主で、その特色が漠然とし、一般的でありすぎたことから、次第に編集方針が変わり、『講談倶楽部』に近いコンセプトになってしまった。それで『面白倶楽部』は『講談倶楽部』に執筆している大家とは異なる新人を発掘し、その作品を掲載するようになった。その新人の一人が吉川英治だった。

そうして『面白倶楽部』の評価も高まっていくわけだが、同じ出版社で同じタイトルを含み、さらに同じ内容はよくないということで、二八年に『面白倶楽部』は『冨士』へと改題される。いわば発展的解消といったかたちで、吉川以下の佐々木味津三、三上於菟吉、長田幹彦、佐藤紅緑、佐々木邦、小島政二郎などの新しい作品が連載され、人気を呼んでいった。

――平凡社の『現代大衆文学全集』で人気を得た作家たちを『冨士』も取りこんでいったということになりますか。かつての『講談倶楽部』の「新講談」とはまた一味ちがった「新々講談」とでも称していいのでしょうか。

塩澤　そういった感じですね。それの推移は『大衆文学大系』別巻所収の『面白倶楽部』と『冨士』の目次をずっとたどっていけば、大体わかる。だから倶楽部雑誌の流れは『講談倶楽部』と『面白倶楽部』と『冨士』が平行して出されることで形成されたとも見なせるわけです。

――『講談倶楽部』の創刊が一九一一年、『冨士』の休刊が四一年だから、明治から昭和戦前の三十年間にわたって主流としての倶楽部雑誌の世界が培養され続けてきたことになる。

塩澤　その流れが確固としてあるから、光文社は戦後に『面白倶楽部』、それから同じく講談社の子会社といっていい世界社が『冨士』を復刊する。確かそれは同じ四八年だったはずです。

――確かに同じですね。しかも両誌ともその新年号は『面白倶楽部』が三十万部、『冨士』が二十八万部売れたという盛況だったようです。

塩澤　前に挙げた福島鑄郎の『雑誌で見る戦後史』に『面白倶楽部』の戦後創刊号の表紙が掲載されているけれど、この時期からカストリ雑誌だけでなく、時代小説から探偵小説に至るまでの大衆文学が百花繚乱のようなブームを迎え、それらの雑誌が続々と出された。だから『面白倶楽部』の三十万部というのは誇張ではなく、本当に売れた。それで『講談倶楽部』も復刊となっていく。

35　戦後の倶楽部雑誌

――『雑誌に見る戦後史』とはそれらの雑誌が多く見えていますが、ここでは時代小説を中心とする倶楽部雑誌と目されるものを挙げておきます。『新作小説』(日本文庫)、『小説世界』(北光書房)、『読切傑作小説』(平書房)、『新文庫』(新文庫社)、『面白講談』(学芸出版)、『娯楽の泉』(娯楽社)、『読物世界別冊』(寿燈社)、『娯楽世界』(銀五書房)、『小説と講談』(双立社)、『講談草紙』(ミトモ書房)、『実話と講談』(大衆文学社)などです。

これらは出版社がわかっているものだけですが、その他にも『娯楽雑誌』『歓楽の泉』『評判雑誌』『小説之友』『小説文庫』『読切文庫』『オール読切』『実話と読物』『奇談と小説』『新選小説』とまだいくらでもあります。

塩澤　あの時代には本当に百花繚乱のような感じで。こういった倶楽部雑誌がカストリ雑誌と並んで出されていた。戦前に『講談倶楽部』は五十万部を超えていたし、娯楽雑誌の雄、国民雑誌のひとつに数えられていたはずです。

それとあなたが今挙げてくれたタイトルのことなどを考えると、講談社の雑誌コンセプトの影響がいかに多大であったかよくわかる。僕は『ロマンス』などのロマンス社の雑誌にそれが顕著だと思っていたけれど、これらの有象無象の倶楽部雑誌にまでトータルに反映されていることがよくわかる。

――戦前の講談社雑誌文化的なるものの継承によって戦後の倶楽部雑誌の濫觴も見ら

れたということになりますか。

まあ、それらはともかく、少しばかり前置きが長くなってしまいましたので、ここで具体的に『面白倶楽部』の二冊を見てみたいと思います。

塩澤 もう少し前置きを述べておきたいんだが、かまわないかな。

―― ええ、どうぞ。

36 光文社について

塩澤 せっかくの機会だから、『面白倶楽部』を出していた光文社にもふれておきたい。光文社については神吉晴夫のカッパ・ブックスばかり注目されているけれど、講談社が新しい雑誌を出すために設立した会社です。だからロマンス社と同じようなＤＮＡに基づく出版社で、ロマンス社と明暗を分けたと考えていい。それは光文社がロマンス社と異なり、講談社の資本下にあったことに起因している。

―― 光文社の社史は出されていませんが、やはり戦後の出版社だったんですか。

塩澤 戦前に講談社の子会社で、日本報道社というのがあって、その定款を変更し、光文社としたのが敗戦直後の四五年九月のことだった。それで十月に『光』という新しい雑誌を創刊した。この創刊号の表紙と内容はやはり福島編著の『戦後雑誌発掘』（洋泉社）に収録されている。

それによれば、石井鶴三の表紙絵、それに座談会「アメリカに何を学ぶべきか」から始まり、執筆者は省略しますが、論説、随筆、俳句、詩、小説などの十二編から構成され、総合雑誌的な体裁をとっている。この手の雑誌は光文社にとっても不得手だし、売上も伸び悩んでいたので、得意の娯楽雑誌ということで、『面白倶楽部』が創刊された。

そして創刊した四八年の夏に増刊『大家花形傑作小説集』を出し、十三万部、秋にも同じタイトルの増刊を重ね、こちらは十五万部を売り上げ、『光』とちがって、たちまち軌道に乗った。この増刊の作家は吉川英治、川口松太郎、子母沢寛、野村胡堂、角田喜久雄などだったけれど、倶楽部雑誌が全盛を迎えようとしていたために、彼らに新作を依頼するのは無理で、それゆえに再録、つまりアンコール収録となった。それでもこれだけ売れたことによって、『面白倶楽部』増刊はアンコール雑誌の端を開いた。

――それでアンコール雑誌というのが倶楽部雑誌の強みとなり、それだけでもロマンス社にないメリットで、雑誌の明暗を分けて行くのですね。

塩澤　光文社の社長は茂木茂といって、『婦人倶楽部』の元編集長で、ロマンス社の熊谷寛や婦人生活社の原田常治はその部下だったこともあった。だから自らが携わり、選択した雑誌のキャラクターや編集方法のちがいもまた出版者としての道筋に大きな影響を及ぼすものだと実感してしまう。それに『面白倶楽部』の成功もあって『光』は廃刊できたし、茂木には『水心魚心』（光文社）という立派な追悼集が出されていることにも表れていますね。

――『少年』と『少女』もあったわけですから、アンコール雑誌が所謂音羽グループとしての光文社を成長させたとはいいませんが、確かに経営的には大いなるメリットだったでしょうね。

37　『面白倶楽部』の内容

塩澤　そのような経緯と事情もあって、この一九五六年の二冊は創刊九年目に当たり、先の『講談倶楽部』よりも厚い四百五十ページという堂々たる雑誌になってきている。

――この二冊は五六年の号ということもあるかもしれませんが、厚さだけでなく、

『講談倶楽部』とも少しばかり異なっています。

カラーグラビアは新作映画の男女を問わないスターの見せ場、それにモノクログラビアによるスターの日常、さらに邦画、洋画の紹介、その間に漫画や絵物語が置かれている。それから内容ですが、その特徴はまず表紙に見られ、特集として、七月号は「秘録・日本の密偵」「風流艶笑読本」、九月号は「日本空戦秘録」「現代出世街道」のそれぞれ二本が組まれ、それらに対し、当月の目玉の小説タイトル、前者は柴田錬三郎「ねずみ小僧」、福本和也「学生やくざ」など、後者は島田一男「弁天小僧菊之助」、白藤茂「妻の灯は消えず」といった作品が挙げられている。

塩澤　やはり小説中心の『講談倶楽部』とは差異化を意識し、『面白倶楽部』のほうはグラビア、漫画、特集といった面白い読物と小説のバランスを考え、編集されていて、それがカラーになっているといえる。

ただ作家のほうは柴田や島田だけでなく、共通しているんじゃないかな。白藤は知らないけれど、福本は戦後に講談倶楽部賞に入選し、直木賞候補にもなっているはずだから。

――福本は私たちが愛読したちばてつやの漫画『ちかいの魔球』などの原作者、また後の航空ミステリー作家でもあって、倶楽部雑誌の執筆者の多面性を彷彿させてくれる。

塩澤　その他の作家たちも挙げてみてくれませんか。

――　古川洋三、森三千代、南条範夫、北條誠、中村獏、野村敏夫、牧野吉晴、井口朝生、富田一郎、源氏鶏太、西川満、鷺六平、山手樹一郎、宇井無愁、棟田博、小山勝清、寺内大吉、大池唯雄、萱沼洋、早乙女貢、小橋博などで、二冊にダブって書いていますから、常連作家だと見なせます。

これらの半数近くは先に塩澤さんがいくつかのグループに分類してくれたので、それ以外の作家の古川、森、南条、中村、野村、富田、鷺、棟田、小山、大池、萱沼、早乙女、小橋について、わかる限りで結構ですので、少しコメントを加えてくれませんか。

塩澤　やはり僕も全員はわからないけれど、知る範囲で試みてみましょう。

＊森三千代／金子光晴夫人で、戦後は私小説を多く書いていたが、戦前に長谷川時雨の『女人芸術』に参加した関係からか、数少ない女流作家として実話小説などを倶楽部雑誌に書いていた。僕も原稿を受取りに行った記憶がある。

＊南条範夫／戦後の『サンデー毎日』などの各誌懸賞小説入選者として注目され、五六年に「燈台鬼」で直木賞受賞、『武士道残酷物語』は映画化され、残酷物ブーム

となり、倶楽部雑誌だけでなく、『オール読物』や『小説新潮』などでも広く活躍。僕が週刊誌の編集長時代に原稿を頼んだが、五味康祐と原稿料がちがうことがわかって、同じ稿料を要求されたことがあった。彼の本職は学者で貨幣論の研究家だが、そのことを口にされたのがユーモラスだった。

＊野村敏雄／新宿生まれで、長谷川伸の新鷹会出身。双葉社でも時代小説や麻雀小説を常に書いてもらった。新宿に関する歴史エッセイに『新宿裏町三代記』などがある。

＊棟田博／長谷川伸の『大衆文芸』に済南作戦を描いた『分隊長の手記』を連載し、好評を博した。戦後も戦争体験をテーマとする『拝啓天皇陛下様』で復活し、このシリーズを始めとする兵隊小説を発表。

＊小山勝清／堺利彦の社会運動や柳田国男の民俗学に関わり、『少年倶楽部』に『彦一頓智ばなし』を連載し、人気を得る。戦後は時代小説『それからの武蔵』全六巻を刊行。

＊寺内大吉／生家は寺で、自らも住職。戦後『サンデー毎日』大衆文芸賞を受賞し、司馬遼太郎と同人誌『近代説話』を創刊し、同誌掲載「はぐれ念仏」で直木賞受

賞。僕の週刊誌には常連の執筆者だった。
＊早乙女貢／戦前から山本周五郎を師として、倶楽部雑誌に時代、歴史小説を発表。『僑人の檻』で直木賞受賞。大作として『会津士魂』。双葉社時代には原稿依頼も含め時には稿料をめぐって対立したが、おしなべて親しい関係にあった。
＊小橋博／長谷川伸門下で、新鷹会会員。

こんなところかな。他の人たちはわからないし、知らない。倶楽部雑誌として、『面白倶楽部』はメジャーといっていいんだが、それでもこんなにも不明な作家たちがいる。

38　大村彦次郎の大衆文壇四部作

――実は塩澤さんにどうしても一度倶楽部雑誌のことをうかがわなければならないと思ったのは、こうしたプロフィルも不明の作家たちが多いこの世界とは一体何なのかという疑問からです。

それともうひとつ私的事情がありまして、少年時代に小説を読み始めた頃、講談社のロマン・ブックスや春陽堂の春陽文庫にこれらの倶楽部雑誌の作家たちが多くいて、それなりに面白く読んだという記憶が残っていたことです。

講談社で『小説現代』編集長などを務めた大村彦次郎が『文壇うたかた物語』『文壇栄華物語』『文壇挽歌物語』（いずれも筑摩書房）を著し、戦後の中間小説とその時代を描いた。続いて『時代小説盛衰史』（筑摩書房）も出し、こちらは『講談倶楽部』の創刊から戦後の終焉に至るまでの時代小説とその時代を扱ったもので、いずれも索引も付された労作ですが、残念ながら先のプロフィルの不明な作家たちのことは出てこない。

塩澤　大村彦次郎の三部作、いや四部作といっていいのかな、これらは明らかに伊藤整の『日本文壇史』（講談社文芸文庫）を意識したもので、いってみれば、大村による『日本大衆文壇史』でしょう。

――　それはいえますね、小見出しもそっくりだし。

塩澤　でも僕にはわかるような気がする。当然のことながら大村も『時代小説盛衰史』は『講談倶楽部』から始めているわけだから、倶楽部雑誌とそれをめぐる無数の作家たちのことは十分に承知している。

だが彼は講談社の戦後の編集者で、しかも『小説現代』の編集長でもあった。『小説現代』の創刊は一九六三年で、その前年に『講談倶楽部』は廃刊となっていて、それ以後、四七年創刊の『小説新潮』、四五年に復刊した『オール讀物』と轡を並べ、新しい大衆文芸としての中間小説のまさに「栄華」をめざし、それを実現させた。彼は講談社の編集者としてその中心にいたし、多くのスター作家と優れた作品の出現に立ち合っていた。だから『日本大衆文壇史』を編むにあたっても、スター作家と優れた作品を軸として描かれるのが当然だし、そのために有象無象の倶楽部雑誌の作家と作品は捨象されてしまう。

―― 確かに伊藤整の『日本文壇史』においても、尾崎紅葉の硯友社門下の二流三流の作家は出てきませんからね。

塩澤 それが正統な文学史ですし、出版史でもあるわけで、また僕が常々いっているように、それらは氷山の一角ではあるけれど、水面下のことは大手出版社にいただけではわからないという事情もある。

―― まさにそのことがこのインタビューの目的なのですが、塩澤さんにしても不明なことが多い。

例えば、中村獏なる作家を挙げましたが、末永昭二の『貸本小説』の中に貸本小説『あまから戦陣訓』（榊原書店）の著者として出てきます。でもそれだけで、中村については何もわからない。ただ倶楽部雑誌と貸本小説家の結びつきだけはわかる。

塩澤　そうですね。僕がコメントを付した作家たちはそれなりに著名だし、忘れられているにしても、直木賞をとったりもしているから……。

――それに南条や棟田の作品は映画化され、ブームにもなり、南条の残酷物は貸本マンガの平田弘史にも大きな影響を与えたと考えられます。

39　寺内大吉、早乙女貢、小山勝清

塩澤　そうですね、寺内大吉などは作家というよりも、スポーツ評論家としてテレビによく出ていたし、早乙女貢だって晩年は著名な作家になっていた。でも僕が知っている頃の早乙女は本当に得体の知れないところがあり、満州生まれだといっていたけど、本当かどうかわからないんじゃないかな。だから彼などは晩年はともかく、経歴もはっきりしない典型的な倶楽部雑誌の作家だった印象がある。

それに比べれば、小山勝清のような作家はわかりやすい。社会主義運動や民俗学に関わった後、小説を書くようになり、少年小説から始めて時代小説に至る経緯や事情もそれ

となく伝わってくるから、小山については評伝が出されていたでしょう。

―― 高田宏の『われ山に帰る』(新潮社)ですね。近年には牛島盛光の『評伝小山勝清の青春』(日本経済評論社)も刊行されています。

塩澤 そうそう『われ山に帰る』のほうだが、高田は光文社の『少女』の編集者で、小山に少女小説を連載してもらっていた関係から、その評伝が書かれることになった。元々小山は尾崎士郎の紹介で、戦前から『少年倶楽部』や『少女倶楽部』に少年少女小説を書いていた。

―― 時代小説の大作『それからの武蔵』全六巻が講談社とその子会社東都書房の双方から刊行されていますが、そうした関係もあってでしょうね。それからこれは奇妙な偶然ということになるのか、小山の郷里の熊本での同人誌仲間は橋本憲三と高群逸枝だった。

塩澤 平凡社の『現代大衆文学全集』を企画した橋本と小山の関係からすれば、小山も『現代大衆文学全集』に触発され、時代小説も書くようになったとも推測できるわけだ。何とも思いがけない巡り合わせですね。

でも橋本と小山もそういう関係とあれば、どうしても二つの同人誌のことを挙げておきたい。人脈がダブっているけれど、倶楽部雑誌や時代小説のその後の展開には不可欠な役割を果たしたと見なしていいので。

40 『小説会議』と『近代説話』

―― 具体的にいいますと。

塩澤 ひとつは『小説会議』で、同人は池上信一、井口朝生、伊藤桂一、童門冬二、早乙女貢、生田直親、福本和也などで、主として講談倶楽部賞を受賞した新人たちだった。

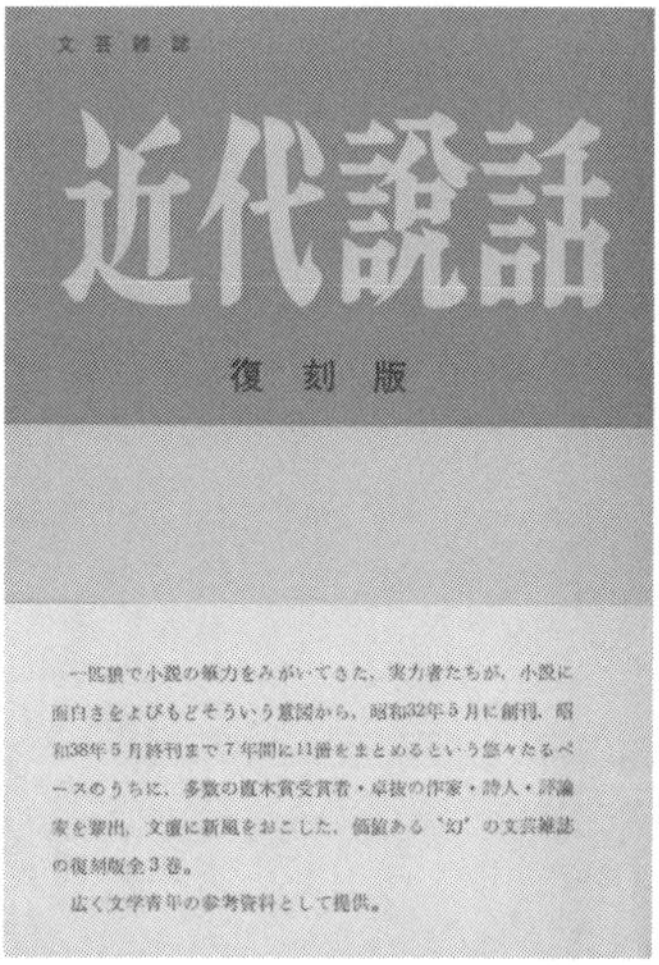

井口、早乙女、福本は前述したので、省きますが、池上は『小説会議』の発行人を務め、講談倶楽部賞の他に『サンデー毎日』にも佳作入選し、芸道小説を得意としていた。伊藤は戦記文学を主とし、そのひとつの「螢の河」で直木賞を受賞。童門は時代小説を書き、生田とテレビシナリオ『新選組始末記』を共同執筆し、生田は後にスキー・ミステリーの第一人者となっ

ている。これには前述の空手小説の牧野吉晴の紹介で尾崎秀樹も参加し、大衆文学研究の第一歩を踏み出している。

——『小説会議』は知りませんでした。

塩澤 これは少部数の本当の同人誌に近かったから、各種の文学事典などにも立項されていないはずで、それこそ大村が『時代小説盛衰史』などで言及しているくらいじゃないかな。

それからふたつ目は『近代説話』で、これは大村の三部作にもよく出てくるからご存じでしょう。

——『近代説話』は必ず言及があるものと考え、復刻版を入手してきました。

塩澤 それはいいですねえ、書影も掲載できるし、願ったり叶ったりだ。これは僕が説明するよりも、『日本近代文学大事典』に立項されているはずだから、まずそれを引いてみてくれませんか。

——わかりました。それこそ尾崎秀樹によるものを引いてみましょう。

「**近代説話**」きんだいせつわ　文芸雑誌。昭和三二・五—三八・五。全一一冊。はじめは大阪の六月社から発行されたが、四号以後東京に移り自主刊行した。いわゆる同人誌とはことなり、すでに懸賞等で世に出た書き手を集めており、文学のもつ説話性も回復し、おもしろい小説をおとなの態度で、しかも自由に発表できる媒体として、寺内大吉、司馬遼太郎らにより創刊された。しかしこの雑誌を有名にしたのは司馬、寺内をはじめ、黒岩重吾、伊藤桂一、永井路子らの直木賞作家を輩出させたことによる。司馬遼太郎『戈壁の匈奴』『兜卒天の巡礼』、寺内大吉『はぐれ念仏』、伊藤桂一『螢の河』、黒岩重吾『病葉の踊り』、永井路子『炎環』など話題になった作品が多く、そのいくつかが直木賞受賞作となった。そのほかに清水正二郎、石浜恒夫、花岡大学、吉田定一、辻井喬、斎藤芳樹、尾崎秀樹などがおり、大衆文学の質的向上に寄与した。昭和四三年、最初期の部分が養神書院より復刻された。

塩澤　司馬の『戈壁の匈奴』の「戈壁」は「ゴビ」と読むのであって、この『近代説話』は司馬の歴史小説を生み出すきっかけになった同人誌として特筆すべきでしょうね。実際のところ、司馬は五六年に『ペルシャの幻術師』で講談倶楽部賞を受賞しているように、産経新聞社大阪本社に勤めていたこともあって、『サンデー毎日』的な大衆小説家

として始まり、それから歴史小説へと転じていった。そして『竜馬がゆく』『国盗り物語』などを経て、『坂の上の雲』に至って、独自の文明、文化論を帯びる司馬史観を提出し、ビジネスマンや政治家たちも愛読する国民的作家へと至っている。ことのついでに申し上げると、司馬遼太郎は、この六月社から本名の福田定一で、唯一『サラリーマン』を刊行しています。僕の蔵書の一冊になっていますが……。

41　東都書房『忍法小説全集』

――そこら辺の初期の司馬の位置というのはとても興味深いですね。東都書房版の小山勝清『それからの武蔵』の巻末広告に『忍法小説全集』が掲載され、それは九巻まででですが、そのラインナップが当時の忍法小説にとどまらず、時代小説の見取図の一端を語っているように思われるので、それも参考のために挙げておきます。

東都書房『忍法小説全集』

1 柴田錬三郎『赤い影法師』
2 司馬遼太郎『梟の城』
3 富田常雄『猿飛佐助』
4 池波正太郎『夜の戦士』
5 角田喜久雄『悪霊の城』
6 村山知義『忍びの者』
7 島田一男『競艶八犬伝』
8 白石一郎『鷹ノ羽の城』
9 山田風太郎『伊賀忍法帖』

塩澤 この全集が出されていたのは何年ですか。

――一九六四年です。

塩澤 ということは講談社の『山田風太郎忍法全集』がベストセラーになっていた頃だから、典型的な便乗企画ということになるが、当時の忍法ブームをよく伝えている。でも山田風太郎の『甲賀忍法帖』なども『面白倶楽部』に連載されていたことからすれば、忍法ブームにしても倶楽部小説によってもたらされたものじゃないかな。

—— そうか、塩澤さんは山田風太郎とも親しかったので、そこら辺のこともよくご存知なんですね。『甲賀忍法帖』の連載は五八年からですから、その年の『面白倶楽部』を入手していれば、また少し異なる作家と作品に言及することになったかもしれません。

塩澤 僕は山田さんの忍法小説のすべてを、サイン入りでいただいています。戦争末期、僕の郷里、信州の飯田に東京医専の学級ごと疎開していたことで、ことのほか目をかけていただいていた。

42 『近代説話』復刻版

塩澤 確かに『近代説話』の創刊が五七年で、第十一号の終刊が六三年だから、倶楽部雑誌の末期から中間小説誌の時代の端境期に位置していたことになる。いわば、この時代までは同人誌もまた文学状況の鏡であったわけだ。

—— この復刻も読んでいくと、実に面白いですよ。「発刊のころ」を寺内大吉が書いていて、どうして二人が知り合ったのかまでは述べられていませんが、「小説は商品」「同人雑誌商品論」にそった作品を書くことを前提とし、寺内と司馬は『近代説話』を始めている。

塩澤 それは従来の所謂純文学系同人雑誌に対する批判がこめられ、小説は面白くなければならないし、小説も売れなければ意味がないというリアリズムに基づいている。僕だって双葉社の経験を通じ、それらに関して身をもって味わっています。そのことを考えると、『近代説話』がまず大阪から出されたことはゆえなしとしない。だから逆に支援者も多かったんじゃないかな。

―― 寺内はそれらの支援者として、海音寺潮五郎、源氏鶏太、今東光、藤沢桓夫、子母沢寛、角田喜久雄、富沢有為男、北町一郎などを挙げている。

塩澤 大衆文学の錚々たるメンバーが支援者として控えていた。だから同人雑誌としては異例ともいえる多くの直木賞受賞者が輩出することになったわけでしょうね。

―― それに『近代説話』は同人雑誌ではあったけれど、大阪の六月社という出版社を発行所として出され、取次や書店を通じて流通販売されていたようです。

塩澤 ということは同人メンバーと支援者たち、流通販売のことも含めて考えると、ある意味で戦後の大衆文壇が満を持して創刊した同人雑誌が『近代説話』だったと見なせるかもしれないですね。

同人として先に逝去した堤清二＝辻井喬と清水正二郎が並んでいるのは奇妙な感じもするけれど、堤の場合、晩年にはいくつもの評伝類を書いているから、そういった資質を見抜かれ、同人に勧誘されたとも考えられる。

――まだ辻井は詩人として知られていなかったでしょうし、これも彼の当時の立ち位置の一端を示しているのでしょう。

もう一人の清水のほうなんですが、彼は六八年の復刻版の「あとがき」に当たる「近代説話とぼく」において、「近代説話の同人は、上は文春・中公から、下は実話・猟奇雑誌まで、日本の雑誌ジャーナリズムのすべてを押さえている」と書いている。

これは同じ『近代説話』の同人であっても、司馬がベストセラー作家となり、名実共に文豪の道を歩んでいるのに対し、自分は三流のエロ作家となっていることを意味している。つまり、その後における大衆小説家の明暗といいますか、対照的な軌跡を自嘲的に述べている。

塩澤　やっぱり大衆小説家にとっても出版社ランクは当然のことながらあるわけで、清水のいい方じゃないけど、文春、中公、新潮が上で、下には小出版社の倶楽部雑誌、エロ、実話雑誌が位置していることになる。司馬は上のほうにいったけれど、自分は下でしか相手にされないという自嘲の思いがこもっている。

　僕のいた双葉社もそちらに属していたし、主としてそうした大衆小説家とつき合っていたので、清水正二郎の気持ちはよくわかりますね。

第Ⅳ部

43　双葉社創業時代

――ここまできて、ようやく塩澤さんの双葉社と倶楽部雑誌の時代について、色々とうかがうことができる。最初にお話し頂いたように、塩澤さんはロマンス社社長の熊谷寛と同郷だったことから、ロマンス社に入り、出版人としての第一歩を踏み出す。ところがロマンス社が倒産し、同じく熊谷が設立した婦人世界社に移る。しかしここも一年ほどで実質的に倒産してしまう。それからいくつかの会社を経て、双葉社に入ったのが一九五三年頃ですね。

塩澤　そう、双葉社が市ヶ谷の銭湯の跡を買って改築した時期だったから。

――私たちの世代ですと、双葉社というと『週刊大衆』と『週刊漫画アクション』、後者に連載されたコミックの『子連れ狼』『ルパン三世』『嗚呼!!　花の応援団』などがすぐ思い出されます。でも今の読者であれば、『クレヨンしんちゃん』や佐伯泰英の時代小説が売れている双葉文庫と結びつくはずですが、創業時の双葉社はまったく異なる出版社であった。

塩澤　そもそも双葉社は東京の出版社ではなかった。創業者の矢澤領一は岐阜市で代々続いていた米穀商で、戦後を迎え、言論が自由となり、娯楽を提供する出版物はこれから儲かる仕事になるのではないかと考え、家業のかたわら、娯楽読物雑誌を刊行し始めた。それは敗戦から三年目の四七年の頃だった。

――岐阜市においてですか。

塩澤　当初はそうだった。これは僕の推測だけれど、岐阜で用紙をうまく入手するルートを見つけたんだと思う。それでなければ、地方で出版を始めることはできないはずだから、まず紙ありきで、それから雑誌に結びつき、結果として娯楽読物雑誌が選ばれたというのが本当のところじゃないかな。だから矢澤社長は商才はあったけれど、出版に対する思い入れもないし、本や雑誌に愛着もなかったように考えられる。

――でもそれは大事なことですよね。それが逆だと大半が倒産してしまいますから。

塩澤　それは確かにいえる。双葉社が立ち上がった頃は前にもいいましたが、紙に印刷してあれば、何でも売れた時代は終わり、返品洪水と日配の閉鎖で、雨後の筍のように生まれた出版社が次々と倒産し、ロマンス社の例ではないけれど、戦後創刊の雑誌も休廃刊に追いこまれていた。

それに加え、新興出版社の時代も終わり、戦前からの大手出版社である講談社、小学館、文藝春秋、新潮社、中央公論社などが力を回復し、台頭してきていた。そのような出版状況の中で双葉社はスタートしたわけだから、商才がなければ、とてもサバイバルできなかったことは確実です。

44　双葉社の倶楽部雑誌

――ところで編集のほうはどうしていたのですか。紙は原地調達できても、作家や執筆者はいないはずでしょうし。
塩澤　矢澤社長の弟の貴一を編集長にすえ、二人で岐阜から東海道線で八時間もかけて上京し、特産品の岐阜提灯を手土産にして、作家回りをし、原稿を頼んだということだった。でも時代状況やムードを反映させるのが雑誌の生命線だから、岐阜に本社を置く体制はさすがに長くは続かず、同族会社を形成していた一家眷族を引き連れて上京に及び、神保町の借家から市ヶ谷の銭湯の跡へと移っている。開闢期の編集者に、沖縄戦の『ひめゆりの塔』を世に知らしめた石野径一郎などがいたそうです。

ところでこれは余談だが、田中角栄が飯田橋で土建業を営んでいた時、この銭湯へ娘を連れてよく行ったものだと総理大臣になった頃に回想し、僕に懐かしそうに話してくれたことがあった。

――それも面白いですね。山田風太郎の明治物のように、お互いに知らなくても、どこかで時代を共通し、何らかの場所ですれちがったりしているエピソードを思い出しますよ。

ところで最初の雑誌のタイトルはどういうものだったんですか。

塩澤　『花形講談』といって典型的な大衆娯楽読物雑誌だったと聞いています。

――やはり講談ですか。それは戦後を迎えても、まだ講談と『講談倶楽部』の時代が続いていたことを意味しているんでしょうね。

塩澤　それはいわずもがなで、次々と創刊していった雑誌のタイトルを見ればわかる。『傑作倶楽部』『小説の泉』『大衆小説』『読切特撰集』『読切傑作集』『読切雑誌』『剣豪列伝集』『読切時代小説』などで、これに同じタイトルの別冊や増刊や特集版が間断なく出されていく出版業態によって、双葉社は成長していくわけです。

――それらを合わせると、月に十冊どころか十五冊以上が出されていったことになるわけですか。

塩澤 タイトルと表紙はちがうけれども、中身の作家と小説はほとんど変わらず、オリジナリティはまったく必要とされず、マンネリそのものといっていい経営と編集方針によってすべてが仕切られ、それが矢澤社長の確固とした戦略だった。

――ところがそれが功を奏し、当たってしまうわけですね。

塩澤 出版物には各版元なりのオリジナリティが必要だとされるが、矢澤社長にそれはまったくなく、「キャラメル商法」と自ら名づけた戦略一辺倒だった。

――それを具体的にいいますと。

塩澤 つまり双葉社の雑誌はキャラメルみたいなものだということです。キャラメルというのは一箱に二十個入っている。それは一個一個全部同じ味だけど、どこでも売られ、あきられもせず、よく売れ続けている。このキャラメルと同様に双葉社で発行する娯楽読物雑誌はタイトルと表紙こそちがうが、中身は変わらず、執筆者と内容はほぼ同じであっても、読者は喜んで読んでくれるという考えですね。だからそれこそ最盛期には臨時増刊、別冊などを含めて毎月二十数誌は出されていた。東京タイムズの岡村二一社長は、僕の結婚式で媒酌の矢澤社長に「矢澤さん、『月刊』ではなく『日刊誌』ですね」と驚嘆していたほどです。

―― それはまたすさまじい。

45 倶楽部雑誌の王国

塩澤 一冊当たり四、五万部としても、二十数誌とすれば、百万部以上だからいかに毎月出回っていたかわかるでしょう。それで双葉社は倶楽部雑誌の王国みたいな出版社となっていくわけです。

今日ここに資料として、双葉社の一九五〇年代の後半から六〇年代後半にかけての組織図を持ってきました。この最初の表がその毎月二十誌ほどの倶楽部雑誌を出していた時代のもので、僕の名前は「新雑誌」のところにあるから、『週刊大衆』創刊前の五六、七年のものじゃないかな。

―― これはもちろん初めて見るものですが、これまでふれてきた作家や執筆者ではなく、倶楽部雑誌の編集体制とその編集者名もきちんと記されているので、想像力を駆り立てられます。プライバシーの問題もあり、掲載することはできませんが、五〇年代後半の倶楽部雑誌を支えたスタッフの貴重な資料だと思います。

塩澤　あなたから何か資料があればといわれていたので、探していたらたまたま出てきた。よく処分しないでとっておいたものだと思ったが、それは色々あったにしても、双葉社が面白い時代だったし、僕にとっても最も愛着のある時代だったからでしょうね。この歳になっても、ここに書かれた編集者の一人一人がすぐに思い浮かぶし。

――編集部長として、矢澤貴一が上に控え、その下に各雑誌のそれぞれ次長がいて、これが編集長に相当する。そして編集者が大体三人、さらに各誌の別冊、増刊、特集にも編集部が独立して置かれ、こちらも次長に編集者二人、ざっと数えただけでも四十人ほどですし、その他にもアルバイトを含めれば、五十人を超えていたはずですし、まさに編集者の人数だけを考えても、双葉社が倶楽部雑誌王国だとわかる。

塩澤　そうですね、講談社の『講談倶楽部』も光文社の『面白倶楽部』も出ていたけれど、双葉社ほど倶楽部雑誌専従編集者を抱えていた出版社はなかったはずですよ。

――戦後に岐阜でひっそりと呱々の声をあげた双葉社が矢澤社長の倶楽部雑誌の「キャラメル商法」で、五〇年代を通じて成長していった事実がこうした編集陣営にも投影されているのでしょうが、塩澤さんも含め、編集にしても営業にしても、それぞれが様々な出版社を経て、双葉社に入ってきたんでしょうね。

塩澤　もちろん、そうですよ。あの時代と「キャラメル商法」の新興出版社の双葉社という事情も絡んでいるけれど、絶えず出版社として成長していたから、即戦力のある編集、営業人材は常に求められていた。だから他の出版社から移ってきた社員が多かった。当然、癖のある一筋縄ではいかない〝サムライ〟が少なくなかった。中には雑誌ぐるみに入社した編集者もいた。

――塩澤さんがいた時代の社員数はどれくらいだったんですか。

塩澤　これは六七年の双葉社職制表ですが、総員一四四名、社員一一三名、編集七七名、業務六三名とあるので、かなり大世帯になっていた。

46　双葉社の編集者たち

――一九六〇年代に三ケタの社員とは双葉社が紛れもない中堅出版社の地位を固めていたことの証明でしょう。それにこの時代になると、すでに各部署も局長制が採用され、塩澤さんは第一編集部部長で、『週刊大衆』担当となっている。こんなところにも月刊の倶楽部雑誌から週刊誌の時代に移っていることがうかがわれる。

このことは後でうかがうことにして、倶楽部雑誌編集部を見てみますと、後の『週刊漫画アクション』編集長で、双葉社の社長になる清水文人が『剣豪列伝集』の編集者として名前が挙がっている。

塩澤　彼は双葉社プロパーの社員だったが、僕と一緒に仕事をした期間が少しある。弁は立つユニークな人物だった。他の編集者のことも色々と思い出されるなァ。

――よろしければ、皆さんがもはや故人となっているはずですので、思い出される限り、少しふれて頂けませんか。

塩澤　『小説の泉』の山田信次は講談社から移ってきた狷介な男で、後に倶楽部雑誌全体の編集長になっている。火野葦平が媒酌人だったそうで、『週刊大衆』の初期に彼の連載小説がとれたのはそのおかげでした。

『大衆小説』の淡路雄治は、後に社長の娘婿に選ばれる人物で、僕は彼の後任編集長に推される運命にあった。彼は鱒書房にいて、『夫婦生活』の編集をしていた。大宅文庫の専務理事だった末永勝介の部下でもあった。

――『夫婦生活』というとあのカストリ雑誌として有名な雑誌ですね。

塩澤 あの雑誌は前に挙げた福島の『雑誌で見る戦後史』にも創刊号の書影が掲載されていて、これはカストリ雑誌というよりも、中身はきわめて真面目な性医学雑誌だった。ところがタイトルからよく売れたので、それにあやかろうとして似たような誌名の亜流誌が数十種も出て、それでカストリ雑誌の代表のように見なされてしまったけれど、実際にはちがう。この『夫婦生活』の企画には大宅壮一が関わっているはずです。

―― なるほど、戦後混乱期の雑誌のことは実際に見てみないと本当のところはわからないという一例になりますか。

塩澤 僕の同僚だった竹馬の友でもある沢柳秀男は「出版人に聞く」シリーズ12の『裏窓』の久保書店にいたこともあった。僕が双葉社へ入社したのは沢柳君の紹介でした。

―― 逆に双葉社から久保書店に移った人もいたと聞いています。

塩澤 『読切特撰集』の根岸五郎や中村高一、久坂昭は双葉社の最初の頃からの社員。『世界の秘境』の竹下一郎は後に大陸書房を立ち上げ、つぶしている。『傑作倶楽部』の田中亮三郎は『ロマンス』と似た『ラッキー』という雑誌の出身で、同じく『傑作倶楽部』の細野孝二郎はかつて左翼系の作家だった。

『小説の泉』別冊の宮本祐次郎は作家の宮本幹也の弟です。双葉社の労務担当役員にもなったけれど、矢澤領一社長の後、双葉社に天下った傀儡社長にいいように操られ最後には不慮の死をとげてしまった。

――宮本幹也というと『魚河岸の石松』などで著名な貸本小説家ですね。

塩澤 そうです。その他にも作家でいえば、山岡荘八や大林清の元秘書とか、作家や画家や大手出版社の編集者の息子とか娘とか、いくらでもいた。後に経済界の副社長になった男もいたが、名前が思い出せない。

――多士済々というか、梁山泊というか、とにかく社員の出入りも多く、猥雑にして混沌とした倶楽部雑誌の世界をそのままイメージさせますね。

塩澤 今となっては本当に面白いというか、奇妙な出版社の時代だったといえる。

――でもその一方で、矢澤一族経営体制は変わっていなかった。

塩澤 それは当然で、ずっと矢澤領一が社長で、養子にいって窪田姓になった次弟が販売局長の専務。参弟の貴一が常務で編集局長だった。矢澤時代は、社員からは絶対、役員の登用はなく、僕などがなれたのは、双葉社が大手証券系列の社に買収された後でした。

47 双葉社が与えた影響

―― でも経営陣のことはともかく、双葉社は「キャラメル商法」でかつてなかったような倶楽部雑誌王国を出現させてしまったわけだから、それが雑誌の中小出版社に与えた影響はかなり大きなものがあったのではないかと思われますが。

塩澤 それは大いにあったでしょうね。双葉社は倶楽部雑誌から始め、実話や漫画は『週刊大衆』や『週刊漫画アクション』に及んでいったので、その出版形態は他の中小出版社の範になったと見て間違いない事実です。

―― それらはどのような出版社なのでしょうか。

塩澤 思い出すままに挙げてみると、大洋図書、三世社（後の三世新社、東京三世社）、淡路書房、桃園書房、辰巳出版、檸檬社、手帖社、日晴社、季節風書店（自由国民社）、日本文芸社、新樹書房、清風書房、コバルト社、日本文華社（後のぶんか社）、広晴社、三和出版、日本社、司書房、久保書店（あまとりあ社）といったところですか。創業の時期は前後はしていますが。

――それに倶楽部雑誌ですと、各実用書版元が別会社名で刊行していた。これもかなりの数に及ぶと考えられます。だから倶楽部雑誌だけをトータルしても、膨大な量が流通販売されていた。それは紛れもない事実であり、文化史には記録されないにしても、出版史において記憶にとどめておかなければならない事柄のように思われます。

塩澤　いや、そこまでいってくれると、当事者としてはうれしいのだが、それに値する出版だったかを考えると、内心忸怩たるものがありますから。

――でもそれを今からあらためて考えてみたい。実はこのインタビューを想定していたわけではありませんが、古書展などで見かけるたびに双葉社の倶楽部雑誌を買い求めてきました。そのうちに五〇年代後半から六〇年代半ば、つまり昭和三十年代から四十年代前半までのものを年代順に見ていき、塩澤さんにコメントを付してもらいたいと考えています。

塩澤　よく集めましたね、こんな倶楽部雑誌をもの好きにも調べようとする研究者はいないはずだから、古本屋だってまともに扱っていないし、収集も大変だったでしょう。

――本当はもっと量を集め、それらをある程度読破した上で検証するのがベストなんでしょうが、ちょっとそこまで根気がなく、それぞれのタイトルをピックアップし、概観することしかできない。それが残念なのですが。

塩澤　それは徒労でしかないし、そこまで深く考えないほうがいい。当事者の僕がいうわけだから、まず間違いはない。極端にいってしまえば、出版社も刊行したことを忘れ、作家や編集者だって書いたことも編集したことも忘れているくらいで、もうひとつ加えれば、読者だって読んだことなど記憶に残っていないというないない尽くしの世界、それが倶楽部雑誌の実態と意味だといっても過言ではないでしょう。

48　一九五八年の双葉社倶楽部雑誌

――まあ、そうおっしゃらずに、少しばかりつき合って下さい。ひょっとすると、最初で最後の倶楽部小説論となるかもしれませんので。

最初は五八年の三冊で、『傑作倶楽部』と『読切雑誌』のいずれも六月号、『小説の泉』の八月号で、いずれも塩澤さんから見せて頂いた編集部リストに掲載されていたものです。

これらの三誌に共通するのはＡ５判で四百余ページで、束もほとんど同じです。カラー

讀切雑誌
恐怖捕物大特集
6月特大号

傑作倶楽部
「漫画と芸能」
6月特大號

小説の泉
緑蔭読物満載号
八月特大號

とモノクロのグラビアがあり、それらは映画や女優、目玉の小説の挿絵だったりして、そこには必ず漫画も掲載され、これらも共通しています。

塩澤　だから「キャラメル商法」なんですよ。

それから久しぶりに双葉社の倶楽部雑誌を見て思い出されたのは矢澤社長が紙材に詳しい人だったことです。岐阜時代に紙の有利な入手ルートをつかんだのではないかとの推測を述べておきましたが、双葉社の倶楽部雑誌用の紙を特別に漉かしていた。この厚みの出る束はその特別の紙によって可能となるもので、厚さで安さを強調する意味も含まれていた。

――戦後の少年少女誌だけでなく、マンガ週刊誌に至るまで、倶楽部小説と同じようなざら紙が使われているのは束を出すためと同時に、大量部数となればコスト削減が大きいからなのですね。

塩澤　そういうことです。このざら紙は下級印刷用紙のことで、矢澤社長は編集については素人同然だったが、紙には精通していた。それに典型的な商人で、月始めの支払いは縁起をかついで絶対しないとか、小額の支払いでも小切手でした。社員の給料はシビアーだったが、きちんとしていた。高邁な理想をかかげて社員の給料も不払いで倒産した出版人の見習うべき商道徳人でした。

――「出版人に聞く」シリーズ12の飯田さんからも、久保書店の社長が同じようなキャラクターで、紙や製本について詳しかったことを聞いています。

塩澤　双葉社や久保書店の社長に共通しているということは倶楽部雑誌やエロ雑誌関係のものなどを出している出版社の経営者はそうした点についてプロで、商才があったことの証明になる。確かに毎月キャラメル的倶楽部雑誌を百万部も出していれば、ちょっとしたことでもコストに反映するし、そうした操作や節約によって、トータルとしての利益を上げていた。それに百万部といっても、すべてが平均的に売れていたわけではない。だから一方では三、四万部、片方では十万部といった売れ方も生じていただろうし、そうなると個々の雑誌の編集長クラスではトータルの売上を把握できないし、それが同族経営の強み、編集管理の手段だったと今になって実感しますね。

49　『傑作倶楽部』の作家たち

――つまり各編集長はキャラメル一個しかわからないけど、経営者たちはキャラメル一箱全部のことをつかんでいたことになる。でもここではまずキャラメルを一個ずつ見ていかなければならない。

『傑作倶楽部』は「初夏傑作小説特集」で、十七本の時代、現代、推理、活劇、人情小説が寄せられている。これまでに言及した藤原審爾、山岡荘八、中村獏、南条範夫、陣出達朗を除くと、高木彬光、小野孝二、風巻絃一、香山滋、鯛田春二、木津光史、西村忠美、峠八十八、大畑正、池田みち子などです。

塩澤　これらの中で高木彬光は推理小説家としてよく知られているけれど、それは後年になってのことで、戦後に『刺青殺人事件』でデビューしたけれど、『宝石』などのミステリ雑誌だけでは生活できず、倶楽部雑誌に多くの時代小説を書いていて、この「振袖浪人」もそのひとつでしょう。

香山滋も『宝石』の懸賞に入選してデビューし、怪奇幻想物を得意としていて、この「海から来た妖精」もそうした作品と見ていい。やはり生活のために倶楽部雑誌にも書いていた。彼は西武新宿線の田無駅前に住んでいて、遠路訪ねて来た編集者にエロ写真のコレクションを公開してくれるような、稚気愛すべき人柄でした。西村忠美は後に推理小説を手がける木谷恭介です。

――香山は映画『ゴジラ』の原作者として有名ですし、七〇年代に桃源社から『海鰻荘奇談』が出され、再評価されるに至っていますね。

塩澤　そのように香山の作品が再評価されたことは幸運なことで、倶楽部雑誌の作家では少ない例でしょう。

池田みち子は「女豹の巣」という飲屋街の女たちを描いていますが、彼女は戦後肉体派の風俗作家とされ、女性版田村泰次郎のような脚光を浴びた。でもそれも一時のことで、倶楽部雑誌に書くようになった。会った感じはその作品とは乖離して、硬い感じの女性だった。

時代小説「愛する者よ」の風巻絃一というのは山手樹一郎の弟子で、貸本出版社から時代小説を出していて、同じく時代小説家の左近隆は彼の実弟のはずです。

――風巻は河崎洋のペンネームで現代小説も書いていて、春陽文庫の『行くぞ金剛拳！』がそれに当たるようです。

それからこれも「出版人に聞く」シリーズ12の飯田豊一『「奇譚クラブ」から「裏窓」へ』における証言ですが、「流れの旅役者」の戸山一彦はデビュー前の野坂昭如のペンネームだそうです。

塩澤　僕もそれを読んで驚いてしまった。他にも戸山名義の作品があるのかわからないけど、この時期に僕は『週刊大衆』に移っていた。ただ僕の場合、戸山に原稿を頼んだことがなかった。週刊誌時代に対談に出てもらい、銀座で飲んでいます。
その他の人たちは覚えていないな。また山手樹一郎の名前が出たので繰り返しになるけど、山手は長谷川伸の新鷹会の門下であるが、山手もまた要会という多くの弟子を抱えていて、確か十三人いたはずで、その一人が風巻なんです。それらの人たちはほとんど知られていない時代小説家で、倶楽部小説の書き手であったけれど、今となっては名前が思い出せない。とにかく山手と要会の例からわかるように、新鷹会の周辺には本当に多くの作家予備軍が控えていたわけ、それらの人たちが、生活の糧を求めて、双葉社に来ていました。

50　コラムと色頁

――そのような人たちをこれから思い出して頂けると有難いのですが。
それからこれは小説ではないのですが、倶楽部雑誌などの伝統といっていいでしょう

が、必ず色頁があって、この『傑作倶楽部』にも高橋普という人が「スタジオ千夜一夜スター艶技読本」なる映画界のゴシップを寄せ、それにスポーツ、「もの知り教室」という情報記事が続き、それらは十五に及ぶピンク頁から構成されている。

塩澤　色頁というのは野田開作が有名ですが、近藤日出造、塩田丸男、大久保敏雄といった人たちも書いていたそうですね。文藝春秋の『オール読物』の色頁はピカ一でした。こういった色頁にも倶楽部雑誌の特色が表れていたとみていいでしょう。キャラメル雑誌に特色といってはおかしいけれど。

――　いや、それはよくわかります。野坂昭如だって書いていましたし、それが彼のデビュー作『現代野郎入門』（久保書店）のコアになっているし、コラムと色頁は必ずつながっていて独特の面白さがありますから。

ところでこの『傑作倶楽部』の色頁には自社の雑誌宣伝があり、『週刊大衆』の他にほとんど倶楽部雑誌からなる「双葉社の十大月刊大衆雑誌」という一頁広告が掲載されているので、これをここに転載したらどうでしょうか。当時の双葉社のイメージが伝わってくると思いますので。

塩澤　ぜひそうして下さい。矢澤社長は、双葉社を〝大衆雑誌の殿堂〟と豪語していた。なかなか言葉でいっても、半世紀前のことだし、具体的に示さないと、そのイメージが浮かび上がってこない。まして倶楽部小説という言葉自体が死語になっていますからね。

51　『小説の泉』について

――さて次は『小説の泉』の「緑陰読物満載号」です。十八本の小説が収録され、藤原審爾、戸川幸夫、山岡荘八、横溝正史、野村敏雄の他には大河内常平、関川周、宮下幻一郎、貴舟章三、織田竜之、北上健、津田幸夫、笹田繁、横倉辰次、八剣波太郎、村松駿吉、酒井典二です。はっきりいって、先にふれた作家以外はほとんど知らないし、読んだこともない。

塩澤　先に新鷹会のメンバーをいっておくと、「青春の宴」の横倉辰次、「よろめき千姫」の村松駿吉がそうです。大河内常平は『宝石』出身で、この「海のGメン」はミステリ仕立てのようだけど、風俗小説ややくざ物をよく書いていた。刀の研究でも知られていて、新東宝の刀をテーマにした映画『九十九人目の生娘』の原作は彼の作品だったんじゃないかな。

——　そういえば、そんな映画がありましたね。確かまだまったく新人の頃の菅原文太が主演したもので、かつてビデオで見た記憶があります。

映画化ということですと、横溝の「蜘蛛の巣屋敷」と野村の「聖岳伝奇」はそれぞれ東映、松竹映画化とのキャプションがついていますが、倶楽部雑誌に掲載された作品でも映画化はめずらしくなかったのですか。

塩澤　これにはいくつもの事情が絡んでいる。当時は映画が全盛で、特に時代劇が人気だったし、制作本数も多かった。それもあって、映画の脚本家、シナリオライターも沢山いた。戦前の平凡社の『現代大衆文学全集』の収録作家の一人の高桑義生が日活京都撮影所脚本部長になったこともあって、大衆文学と映画の関係も深まり、その周辺からも多くの書き手が生まれ、倶楽部雑誌にも登場するようになった。

また映画関係者のほうも逆に倶楽部雑誌に原作や種本を求めるようになった。時代劇映画にしても「キャラメル商法」であるから、手軽な倶楽部雑誌の小説のほうが合っていたともいえる。その典型は藤原審爾や城戸禮じゃないですか。それからこれらの小説は映画関係者や弟子筋が持ちこみ、横溝や野村の名前で掲載されたとも考えられる。

――なるほど、単純に作家名や映画化を鵜呑みにするのではなく、そこに至るまでには様々なプロセスやドラマが潜んでいる。

塩澤　でも大河内以外の人たちはあまり思い出せない。いま一つ、秘話を申し上げると、担当編集者が、適当なペンネームで下手な小説を書いて原稿料稼ぎをしていたフシもある。

52 『読切雑誌』について

――それでは次に『読切雑誌』の「恐怖捕物大特集」に移ります。

これは高木彬光、山手樹一郎、沙羅双樹、宮本幹也、西川満、風巻絃一の他に、南部隼人、野々宮正澄、三橋一夫、下村明、桜町静夫、太田瓢一郎、上野登志郎、伊藤渓二、園生義人、楢山捨吉、海保竜人による十七本が掲載されている。「恐怖捕物大特集」といっても、それは上野、伊東、園生の三本だけで、あとは推理、探偵、伝奇、現代物と様々です。

塩澤　三橋一夫は戦後の『新青年』『宝石』系の奇妙な味の作品の書き手といっていいのかな。この「春風の恐怖」もそうだけど、倶楽部雑誌では明朗小説をよく書いていた。

――　三橋は九〇年代になって、国書刊行会から『勇士カリガッテ博士』、出版芸術社から三巻本の選集が出され、また末永の『貸本小説』でも一章が割かれ、その特異な経歴と作品への言及が見られます。

塩澤　そうですか、再評価されているのであれば、三橋にとっても何よりだ。「狂人屋敷炎上」という捕物小説を書いている園生義人も元は現代物の書き手だったように思うし、春陽文庫にかなり収録されていた。たしか一橋大の出身で、石原慎太郎の先輩を自負していた。後年高校の教師になったようです。

これまでふれられなかったけれど、倶楽部雑誌、貸本作家、春陽文庫の縁というか、つながりが深いのです。それは長谷川伸の女婿で、新鷹会を支えていた『大衆文芸』の発行所である新小説社の島源四郎が戦前に春陽堂の編集者だったことから始まっている。もちろん僕には詳細なことはわかりませんが。

53　倶楽部雑誌と春陽文庫の関係

――私などは春陽文庫の装丁やラインナップから、こういっては失礼ですが、B級小説の殿堂のように思っていました。確かに作家の顔触れと作品からすれば、新鷹会をそこにつなげると、春陽文庫のひとつの謎が解けてしまう。

塩澤　そこから倶楽部雑誌と貸本作家や貸本出版社との関係もたどれるはずで、春陽文庫というのはそれらを探る最後のまとまった手がかりかもしれない。

――でも残念なことに、どうも数年前に春陽堂は新刊発行を止めてしまい、春陽文庫ももはや在庫しか販売されていないようです。これらの詳細は私もまだ確認していませんが、事実とすれば、唯一残されていた倶楽部雑誌の痕跡も消え去りつつあることになります。

塩澤　太田蘭三は春陽文庫に入っていたかな。「むささび斬魔」の太田瓢一郎は彼のかつてのペンネームです。

――太田蘭三は祥伝社の山岳推理物などでベストセラー作家になりますけど、彼も倶楽部雑誌に書いていた。

塩澤　その他の人たちもかなりペンネームを使っているはずだし、書き続けて、太田のようにベストセラーを出すようになるか、あるいは三橋のように再評価されるようになるかすれば、何よりなんだけれど、消えてしまった作家が圧倒的に多い。

こうして五八年の三冊を続けてみると、つくづくそう思う。それとこの時代には奥付の編集兼発行人が三冊とも社長の矢澤領一名になっていて、彼なりの見栄を発揮している。それもあの時代を彷彿させて懐かしくもあるなァ。

――　実はその前の五六年の『大衆小説』の夏の増刊『読切時代小説集』があったのですが、これは増刊のために以前の十誌の再録も多いと考え、五八年の三冊から始めることにしたわけです。この号は一龍斎貞水の講談的作品、それから新鷹会の山手樹一郎、中沢巠夫、土師清二、長谷川幸延、野村敏雄、沙羅双樹などの時代小説がメインなので、五八年の三冊に比べ、少しばかり古めかしい。それで外したのです。

塩澤　五六年は『経済白書』が「もはや戦後ではない」と書いた年だから、明らかに社会も出版業界も変わり始めていた。特筆すべきは出版社系の初めての週刊誌として『週刊新潮』が創刊されたことで、この成功に刺激され、五八年に『週刊大衆』の創刊を迎える。だから双葉社の倶楽部雑誌も必然的に変わっていくので、五八年から始めたのは正解だと思いますよ。

54　一九六〇年の『読切特撰集』

――　それを聞いて安心しました。年を意図して集めたわけではないので、どうしてもむりが生じてしまったこともあり、変則的になってしまいますが、次は六〇年の『読切特撰集』七月号の「盛夏傑作小説満載」とあります。

すでにふれているのは高木彬光と福本和也で、あとは岩崎栄、清水正二郎、大隈敏、中原浩一郎、筑柴文康、八剣浩太郎、佐藤八郎、寺内鉄雄、上野登史郎、島守俊夫、城戸禮です。小説は五八年よりも少なく、彼らの十四本からなっていますが、束の厚さとかページ数は変わっていません。

塩澤　かなり作家たちが変わってきている。

「横浜の狼」の清水正二郎は先にお話しした『近代説話』の同人です。彼は精力絶倫で、一日やらないと鼻血が出るとか、野菜は絶対に食わないとかが売りだったけれど、それも嘘くさくて、彼の愛人が住む隅田川べりのリバー・サイドのマンションに招待されたとき、見ていると野菜もちゃんと食べていましたよ。仕事は早くて、安い原稿料で何十枚もすぐに書いてくれた。ずっと後の八〇年代になって胡桃沢耕史と名前を変え、『黒パン俘虜記』で直木賞を受賞した。彼だけ『近代説話』時代にとっていなかったので、感無量だったと思いますよ。

――私たちの世代にとって清水正二郎というと、浪速書房が六〇年代半ば頃に出していた『世界秘密文学選集』の翻訳者としてで、後に著者名にしても内容にしても出鱈目なものだとわかりましたが。

塩澤 おそらくそれは倶楽部雑誌の編集者、もしくは関係者が絡んでいた企画じゃないかな。

――それを詮索していくと面白いのですが、ここでは慎み、次に進みましょう。椋鳩十は児童文学者だと思っていましたが、倶楽部雑誌にも書いていたのですか。

塩澤 椋は山窩小説家としてデビューしたけれど、『少年倶楽部』に少年のための動物小説を書くようになり、戦後は動物文学の第一人者になった。この時期に椋鳩十を起用したのは、山田信治でした。偶然にも僕は椋鳩十と同郷で晩年に会っています。とても謙虚な人柄でした。この椋の「新しい友情」は野性の鷲と犬の物語だから、やはり動物小説だ。これまで何度も出てきた新鷹会の戸川幸夫も動物小説を書いていましたね。

それから時代小説「黄金魔像」の島守俊夫、現代小説「彼女を探せ」の城戸禮は倶楽部雑誌の常連で、当時の貸本屋のベストセラー作家だった。特に城戸は前にもいいましたが、多くの日活アクション映画の原作になっているはずです。

55　城戸禮に関するエピソード

――三四郎シリーズに代表される明朗アクションや刑事小説が多く出されていますからね。私も中学生の頃に春陽文庫だったと思いますが、城戸の三四郎シリーズを読んでいます。山手樹一郎の時代小説の明るさとは異なる城戸の小説のあっけらかんとした明朗さは今の言葉でいったら、天然明朗小説みたいな感じで、一体どういう作家なのかと考えたことがありました。

そのことをずっと忘れていたのですが、九〇年代末になって、今回のインタビューでも参照している『貸本小説』の末永昭二が『城戸禮人と作品』（里艸）を刊行した。またこれは数年前のことですが、渥美半島の先に位置する島のホテルに友人たちと忘年会を兼ねて泊まったことがあった。夜になって友人が按摩を頼んだ。そうしたら六十代の女性がやってきて、私が本を読んでいる横で、友人に按摩しながら、私に何を読んでいるのかを聞き、独り言のように呟き始めた。今まで読んだ中で一番面白かったのは城戸禮という人の小説で、もう一度読んでみたいと思っているけれど、手に入らない。島に本屋はないので、名古屋方面に出る友達に頼んでいるが、いまだもって見つからず読めないでいる。でももう一度どうしても読んでみたいと。

塩澤　なかなか感動的なシーンじゃないですか。彼女は貸本屋で城戸を読んだのかもしれない。「出版人に聞く」シリーズ8の『貸本屋、古本屋、高野書店』によれば、全盛期に貸本屋は三万店もあったというから、それこそ島にも一店ぐらいあったかもしれないし。

――私もそう思いましたし、今度行く時には春陽文庫の城戸でもおみやげに持っていってやりたいと考えているのですが、残念ながらまだ実行していないのです。

塩澤　城戸も「キャラメル商法」的倶楽部雑誌から出て、貸本屋のベストセラー作家になるわけだが、そのような読者がいたことは色々と考えさせられる。倶楽部雑誌と読者の問題を突きつめて考えてこなかったけれど、読者のところに届けば、それなりに面白さとか感動が伝わり、未知の世界と夢の一端でも伝えられたことになる。

56　一九六一年の『読切傑作集』

――そこが読者の世界の多種多様なところなんでしょうね。ただ塩澤さんも私も彼ら以外はわからないので、先に進みます。

次は六一年の『読切傑作集』九月号の「面白痛快小説祭り」です。この年になると、前に挙げているのは新鷹会の梶野悳三、山手樹一郎の要会の風巻絃一の二人だけで、あとは北上健、渥美隆史、池田練太郎、峠八十八、諸橋郁夫、仁科啓輔、狭山温、浜野生太郎、森川哲郎の小説に混じって、石崎伍郎の特殊世相ルポ「女探偵を探偵する」、田中かよ編の青春の手記「BGから妖婦への階段」も掲載されている。

塩澤　何か六〇年代に入ると、「キャラメル商法」的色彩が弱くなってきている感じだなァ。

――　やっぱりそう思いますか。

塩澤　時代、現代、明朗、推理小説などの盛り合わせ編集は変わっていないけれど、諸橋郁夫の現代推理小説「暗い流れの中に」は交通事故、仁科啓輔の社会問題小説「入札」は新幹線工事をめぐる買収工作をそれぞれテーマとしていて、六〇年安保後の時代状況にあまりにも即している。それからあなたが挙げてくれたルポや手記も同様な感じがする。この当時僕は『週刊大衆』に専念していたので、倶楽部雑誌の現場とは離れていた。だからそんなふうに見てしまうのかもしれないが。

第Ⅴ部

57 『週刊大衆』創刊の波紋

――『週刊大衆』が与えた影響もあるんじゃないですか。ルポや社会問題というのはその反映とも考えられる。

塩澤 確かに『週刊大衆』を出すようになって、双葉社の社員にしても出入りする関係者にしても、その波紋を感じていたはずだから、何らかの影響を与えたと考えたほうがいいかもしれない。

――それでも矢澤社長の同族会社というかたちは変わっていなかったのでしょうが。

塩澤 弟の矢澤貴一が編集長、後に編集局長になっていたが、彼はいい人だったので、編集現場はやりやすかった。だから上の姿勢が変わって、誌面に反映されたということはない。

でも社長のほうは変わることなく売れ行きに目を光らせ、うるさくいっていた。それに『週刊大衆』の場合、記事のことでクレームがつくとか、訴えられるとか、警視庁から連載小説のことで呼び出されたりすることが必然的に生じてしまう。僕は十年間も編集長をやらされたが、年に何回かはトラブルに巻き込まれたものです。そうした時に社長は「全責任は塩澤、お前《みゃあ》にある」といって、絶対に自分は出なかった。そのくせ商人の気質そのままに儲けだけは手堅く懐に入れていた。同じような『週刊アサヒ芸能』を出していた徳間書店の場合、徳間康快社長は自ら責任を負って出ていったので、同じオーナーでも正反対だった。僕は徳間さんと、平和相互銀行のスキャンダルをめぐって、親しい間柄になり銀座によく招かれたが、彼はなかなかの親分気質で、うらやましかった。

――でも変わらないといっても、双葉社も大きくなり、『週刊大衆』も創刊し、六〇年安保後と高度成長期を迎えていたわけだから、倶楽部雑誌の世界も少しずつ変わってきたと見ていいんじゃないでしょうか。もちろん編集者次第ということもありますが。

塩澤　まあ、こちらも外部から見ていたわけではないし、倶楽部雑誌にしても時代と寝ていることには変わりはないでしょう。

――講談社の『講談倶楽部』の廃刊は一九六二年で、『小説現代』の創刊は六三年ですから、もう翌年に迫っていることになる。光文社の『面白倶楽部』はまだ六五年まで続くのですが、やはりこの時代がターニングポイントだと思う。

でもこれは本当に残念なのですが、その時期の双葉社の倶楽部雑誌を入手しておらず、次は六六年と六七年になってしまう。

塩澤　いや、それでいいんじゃないかな。六二年に『講談倶楽部』が終わっているように、倶楽部雑誌が全盛だったのは五〇年代までで、六〇年代半ばには『小説現代』『小説新潮』『オール読物』の中間小説三誌の黄金時代に入ろうとしていた。

双葉社でも六一年に新しい雑誌として『推理ストーリー』を『週刊大衆』の片手間に創刊し、僕が発行人になっていた時代もあります。

――後の『小説推理』で、その第一回小説推理新人賞に大沢在昌が選ばれていますね。改題も大沢のデビューも七〇年代になってのことですが。

塩澤　『小説推理』に改題されるのは七三年で、その前は『推理』の時代もあった。五〇年代だったら、これまで見てきたように、推理や探偵小説も倶楽部雑誌の中の一分野だったけれど、それだけを独立させ、一本の雑誌に育てたということになる。

そういう意味ではコミックも同じで、『漫画ストーリー』も『週刊大衆』の傍流として創刊され、清水文人はこの誌の編集長になった。これが『週刊漫画アクション』の前身です。

――ということは倶楽部雑誌はまだ出されていたが、六〇年代後半には実質的に終焉の時代を迎えていた。

塩澤　そのかたわらで、双葉の十大娯楽雑誌としての倶楽部雑誌は出されていたにしても、これらの六六、六七年の三冊は束も薄くなってきていますね。

58　『大衆小説』、『読切時代小説』、『読切文庫』

――そういえば、かつての四百ページから三百ページになっていますね。ではそれらを実際に見ていきましょう。最初は六六年の『大衆小説』四月号です。その前にこれに双葉社の雑誌書籍の一ページ広告が出され、当時の倶楽部雑誌も含まれ、塩澤さんがいわれた新旧雑誌の交替の時期を暗示していますので、これも転載しておきます。

塩澤　そのほうがいいでしょう。こうしてあらためて見ると、この新旧雑誌の共存というの

は六〇年代前半の出版状況そのものを物語っているような思いに駆られるから。

――その『大衆小説』はほとんど作家たちが変わっていて、中田耕治、江崎俊平、峰岸義一、颯手達治、赤松厚子、多岐流太郎、那順史、関川周、永岡慶之助です。

この際ですから、後の二冊も続けてみます。六七年の『読切時代小説』十一月号は「特殊情炎人妻みだれ絵図」で、作家たちは宮下幻一郎、狭山温、池沢伸介、小川忠悳、大貫哲義、光井雄二郎、宮崎惇、藤村エミナ、上野登史郎です。

同じく六七年の『読切文庫』十二月号は「特集情無用の愛撫」で、作家たちは細野耕三郎、藤村エミナ、村尾慎吾、西村亮太郎、宮本幹也、中田耕治、ヴァンス、園田てる子、大貫哲義、八剣浩太郎です。

塩澤　宮本幹也、江崎俊平、颯手達治はベテラン作家、小川忠悳は日活出身、園田てる子は戦後の女流風俗作家で、この人たちは確か春陽文庫に入っている。これら以外のメン

『大衆小説』、『読切時代小説』、『読切文庫』

バーを見ると、倶楽部雑誌も世代交替というか、新鷹会を例に出すと、その門下のさらに弟子たちが出てきたという感じがする。

―― 私などが意外に思うのは中田耕治ですね。彼は『近代文学』系の評論家、早川書房の「ポケット・ミステリ」の翻訳家、それに評伝『ド・ブランヴィリエ侯爵夫人』（薔薇十字社）を『血と薔薇』に連載していましたから。

塩澤 それは中田の表側の一面で、彼は色々と事情もあって、この時期に倶楽部雑誌にも書き飛ばしていた。『大衆小説』には現代推理「女は死の匂い」、『読切文庫』には時代小説「炎にゆらぐ剣」を寄せていることからして、それがよくわかるでしょう。

―― 倶楽部小説の世界にも作家たちの様々

な事情が投影されているということですね。

塩澤　例を挙げていけば、そういうことは本当にきりがないほど見つかる。

――　それならば、『大衆小説』に大利根水滸伝「腐り雨」を書いている峰岸義一の場合はどうなんでしょうか。彼は梅原北明のポルノグラフィ出版のメンバーの一人だったはずですが。

塩澤　これは文体も古いし、講談調でもあることからすれば、アンコール収録の可能性が高い。たしか五味康祐の作品もアンコールで双葉社の他誌に何編か掲載されているはずです。

――　以前にどこかに発表したものを再録したということですか。

塩澤　そうじゃないかしら。それは倶楽部雑誌の常套だし、「出版人に聞く」シリーズ12で『裏窓』の飯田さんが『読切雑誌』と『傑作倶楽部』を手がけたと語っているが、別冊か増刊のアンコール収録の号のことをいっているのだと思う。作家たちの顔触れは変わっていても、そうした常套手段は変わらずに保たれていた。

――　なるほど、そうしたことが繰り返されている一方で、戦前からの書き手は鬼籍に入ったり、また多くが貸本作家でもあったことから、貸本屋の衰退に伴い、売れなくなり、退場させられていった。そうして最後の時期になっていたけれど、新しい作家たちも出てきていた。

塩澤 そう、六六、六七年のページも薄くなり、作品点数も減った三冊を見て、そんな感じを受けますね。

―― ここまできて、簡略ながら『講談倶楽部』の創刊から戦後の双葉社の倶楽部雑誌までをたどってきたわけですが、双葉社のものもこれだけ見ますと、「キャラメル商法」とはいっても、それなりの編集メチエが蓄積され、受け継がれてきたと思わざるをえません。

59 倶楽部雑誌の挿絵画家たち

塩澤 それはどういうところに表われていると見るのかな。

―― 最初のほうに戻りまして、五八年の『傑作倶楽部』六月号を例にとりますと、小説が十八本で、それにほとんど挿絵がつき、絵物語もある。それから漫画が七本、読物四本、これらはすべて作家、画家、漫画家、執筆者の署名入りで、それらを合わせると五十人を超える。それに表紙やグラビアの女優たちにカメラマン、目次カットや扉絵のイラストレーター、映画情報や囲み記事や色頁のライターを加えれば、百人近くが関係している。当時は電話しかなく、現在とはまったく異なる通信インフラ環境にあったわけだから、これを毎月刊行するとなると、本当に大変だったのではないかと想像してしまう。

塩澤　あなたの分析は見事です。今の編集現場と環境のことを考えれば、確かに隔世の感がある。でもかえってすべてが不便だったゆえに、編集者とそうした執筆陣たちとの関係と交流は深かったし、そのベースがあったからこそ、色々と双葉社も成長していったと思う。昔がよかったとはいわないが、若さと貧しさと困難が出版社を成長させてきた一面もあることは間違いないでしょう。

——　今でも小出版社の貧しさと困難は変わりませんが、若さだけは失われてしまった。

塩澤　そうですね、私などはもう八十歳を超えた末期高齢者だから。

——　それからこれは最後にまとめて言及するつもりでふれてこなかったのですが、倶楽部雑誌周辺に挿絵画家たちも無数にいるという事実です。

塩澤　これはカットや口絵も含めれば、倶楽部雑誌の作家以上にいたんじゃないかな。

また飯田さんの言になるけど、彼がＳＭ雑誌における挿絵の重要性について指摘していた。それと同じことが倶楽部雑誌にもいえて、総ルビと挿絵は最初からつきものだったし、戦前には挿絵が売りでもあった。

――面白いのは『裏窓』と双葉社の倶楽部雑誌の挿絵画家たちが共通していることで、堂昌一、木俣清史、石原豪人などは五〇年代から六〇年代にかけて、ずっと描き続けている。おまけに六七年の『読切時代小説』と『読切文庫』のカラー口絵はそれぞれ木俣と石原なので、それだけ見ると『裏窓』を想像してしまう。

塩澤　画家たちは画料が安いので、多くの雑誌に描かなければ生活していけなかった。だから雑誌を選んで仕事をすることなどできなくて、注文があれば、どんな雑誌の仕事でも引き受けていたのが実状だった。

でも近年になって、岩田専太郎といった挿絵の大御所ばかりでなく、「らんぷの本」シリーズで中村圭子編『石原豪人』（河出書房新社）なども出されているから、戦後の挿絵画家の仕事も見直されてしかるべきだと思う。幸いなことにそれには「双葉社と石原豪人」という一章があって、双葉社の倶楽部雑誌に描きまくったことが記され、僕の言も引かれている。

――あの本では倶楽部雑誌の挿絵と銘打たれてはいないのですが、出典不明のものがいくつもあって、それらがそうではないかと推測しています。本当に石原の他にも堂や木俣も出され、また「倶楽部雑誌挿絵アンソロジー」のような本が編まれるといいのですが。

塩澤　本当にそうですね。これは後でふれることになりますが、あの『井上志摩夫傑作時代小説集』も当時の挿絵入りで刊行されていたら、まったく異なる印象を与えただろうと考えられる。

たまたま論創社から出されたばかりの井川洗厓の挿絵入りの中里介山の『大菩薩峠』を読んで、そう思った。あれは『都新聞』連載をそのままのかたちで収録しているので、大正時代の時代小説の臨場感、もしくはリアルな位置みたいなものも伝わり見事な編纂になっている。

60 総ルビと挿絵の倶楽部雑誌読者と貸本屋

――総ルビにしても挿絵にしても読者に向けての出版と編集の戦略ということになりますが、戦前は進学率も低く、読ませるためには総ルビや挿絵が必要だったとわかります。でもそれが戦後も続いていたのはどうしてなのか。

塩澤 今みたいに読者論や市場調査が盛んではなかったし、倶楽部雑誌に携わっていた僕たちにしても、そうしたことを余り考えていなかった。ただ読者の問題と進学率の関係からすれば、高校進学率が六〇％を超え、さらに高まっていくのは六〇年代になってからで、五〇年代はまだ戦前の続きのような読者環境にあったと考えられるし、事実そうだった。戦後のカストリ雑誌や倶楽部雑誌の氾濫もそのことを抜きにして語れない。それに倶楽部雑誌は山手線の内側では売れないから、外側で売るというのが常識だったことに表われているように、最初から知識人や読書人に向けて売るつもりはまったくなかった。それこそ、先ほどふれた『大衆小説』ではないけれど、広い意味での大衆に向けての娯楽物語雑誌だと認識していた。

――戦前から一九五〇年代までは続いていたことに関してですが、戦後の都市化に伴う上京者、集団就職者、それらに基づく工場生活や寮生活者を背景にして、貸本屋や貸本マンガの全盛を迎えたとされています。そこに倶楽部雑誌を加えてもいいのですね。

塩澤 それでいいんじゃないかな。僕が残念に思っているのは貸本屋における倶楽部雑誌の需要について調べておかなかったことだ。『平凡』や『明星』並とはいわないが、おそらくかなり貸本屋にも置かれていたはずです。

――それは間違いないでしょう。貸本出版社や取次も含まれている『全国出版物卸商業協同組合三十年の歩み』の中に双葉社の倶楽部雑誌が見切雑誌として取り上げられ、それらの三、四万部がすべて売り切れる時期もあったとされている。六〇年くらいまでのことだったようですが、それらは古本屋だけでなく、貸本屋にも流れていた。

塩澤 見切雑誌というと、昔はすぐに赤を引き、月遅れ雑誌として特価本業界に出していた。でもそれが全部合わせて三、四万部だとすれば、やはりよく売れていたんですね。

――そう思いますし、双葉社は十大倶楽部雑誌の返品の一冊たりとも無駄にせず、特価本業界に見切雑誌として出していたのだから、実に見事で合理的な処理だった。しかもそれが売り切れていたというのですから。

塩澤　見切雑誌、月遅れ雑誌というのはどれくらいの正味で卸されていたのでしょう。

――『三十年の歩み』によると、出版社や雑誌によって異なっていたようですが、双葉社の倶楽部雑誌は六一年の場合、大体正味二十六円、出し値三十二円だったようです。

塩澤　ということは六一年の『読切倶楽部』が百三十円だったから、特価本業界への見切雑誌、月遅れ雑誌の双葉社の出し正味は二掛けだったことになるな。見事な商魂だ。

61　最大の顧客は遠洋漁業船

――ただ他の出版社の同様の雑誌はそれよりも安いようで、一率ではなかった。だから双葉社の倶楽部雑誌は売れ行きもよく、人気があったということなんでしょう。

塩澤　貸本屋の他にそうした見切雑誌や月遅れ雑誌の流れていく先がわかるような気がする。あなたが島の按摩さんの城戸禮の読書の例を出してくれたけれど、倶楽部雑誌の最大の顧客は遠洋漁業船だと聞いたことがある。一回の航海が長いので、その気晴らしと娯楽のために山のように倶楽部雑誌を買い、積みこんでいって、無聊を慰めるというんです。当時はテレビもビデオもないから、倶楽部雑誌が絶好の暇つぶしだったんじゃないかな。

——おそらく全国各地の港にあるシップチャンドラーという船の様々な日用品などの納入業者が特価本業界から大量に仕入れ、それを供給していたと思います。そうした船だけではなく、高度成長期にはダムに代表される開発のための飯場なども多くあり、誰でも読める娯楽雑誌として重宝されていたのではないかとも推測されます。

塩澤「キャラメル商法」だからワンパターン、マンネリがベースになっているし、物語も洗練されていないし、変な技巧もこらされていない。それに総ルビだから漢字を知らなくても誰でも気軽に読める。ひっくり返って読むのに一番向いている。それが倶楽部雑誌のミソでもあった。

それで思い出されるのは、昔よく築地の寿司屋に通っていた時期があって、双葉社の新刊の倶楽部雑誌をみやげに持っていくと、職人がとても喜んで、注文をしないのに、いい物を握ってくれて、しかも高くとらなかった。本当に喜んでいるんだと思い、行くときの手土産にしていた。

——そういった寿司職人に限らず、様々な職人の世界でも、倶楽部雑誌は手軽で格好の娯楽の対象だったんでしょうね。

62　倶楽部雑誌の出版者、編集者、作家

塩澤　そういう読者の世界と倶楽部雑誌の出版者や編集者や作家がつながっていたという事情も大きく作用していると思う。

かつてであれば、僕がいうことははばかられたが、今や出版史の事実としてふまえておくべきだと考えるようになったので、ここではっきりいっておくべきでしょう。大衆向き出版社の創業者たちは旧制の中等学校程度の学歴だった、その他の倶楽部雑誌を刊行している出版社の経営者たちだって同じようなものだった。大学を出て、理想の出版をやろうなんて人たちは一人もいないわけです。また逆にそうであるからこそ、俗物的にして儲け主義ゆえにつぶれないで生き残ってきた。インテリが格好のいい出版をやった場合、みんなつぶれていますから。

編集者たちだって、僕もそうだけど、色んな出版社やつぶれた出版社を経たり、様々な屈折があって、出版や文学の裏通りみたいな倶楽部雑誌の世界にもぐりこんできている。大学にいっていたりしても、中退や落第ばかりで、そういう連中の吹きだまりみたいなと

ころもあった。だから同じ出版社といっても、大手出版社とはまったくちがっていた。

それから倶楽部小説に書いている作家たちにしても、いっては悪いけど、学歴エリートというのは少ない。この世界の戦後の長老である山手樹一郎にしても中学出だし、大物の源氏鶏太だって商業学校出です。その弟子たちも似たようなもので、だからこそ親密な師と弟子の結びつきが生まれ、相互扶助的な様々な会も営まれてきたといえる。いってみれば、作家の集まりというよりも、小説をつくる職人の共同体のようなニュアンスもあった。そういうことを色川武大さんとよく笑って話したものです。

―― 唯一の例外が三世社で『読切倶楽部』を編集していた吉行淳之介で、中退ではあるが、東大英文科ですから。

塩澤 吉行が創刊編集長で、最初の頃は半分からほとんどを書いたという説がある。吉行については色々書かれているけれど、倶楽部雑誌の編集者だったことはまったくといっていいほど論じられていないんじゃないかな。でも彼の下降趣味というか、赤線や娼婦物にしても、早いうちからのマンガへのこだわりにしても、この倶楽部雑誌体験を抜きにして語れないと思いますよ。彼には週刊誌時代にエッセイを連載していただきましたが、話題に詰った時には、かなり僕の体験をネタに提供したものでした。

――吉行の自伝ともいうべき『私の文学放浪』の中にそれらの一端が書かれていますし、澁澤龍彦にしても、吉行のもとでアルバイトをしていたことなども異端のサド研究に向かうきっかけじゃなかったかと想像しています。

塩澤　そうかもしれない。フランス文学研究でサドは論じられていなくても、戦後のカストリ雑誌やエロ雑誌、ポルノグラフィ出版でサドはかなり翻訳され、出版されていますからね。

――倶楽部雑誌がもたらした波紋のようなものとも考えられる。

塩澤　それから先程挿絵画家の話が出たけれど、あの世界も本当に食えない世界で、春画を描いて売っている人だっていた。手土産に持ってくる画家もいた。でもそうした事情もあって、これも無数にいた挿絵画家たちが貸本マンガへと流れていったという見方もできる。だから倶楽部雑誌は戦後のコミックの発祥の地でもあったんじゃないか。

63　倶楽部雑誌から週刊誌へ

――それも大いに考えられるし、『週刊新潮』以後の週刊誌の世界にも継承されていった。

塩澤　それがはっきりしているのはまさにその『週刊新潮』です。倶楽部雑誌や実話雑誌の優秀なライターや記事構成など、具体的にいえば、野田開作という色頁ライターや「黒い事件簿」といった記事はその流れを引いています。もちろん僕だって『週刊大衆』を引き受けるに際し、それらを引き継いでいるわけだけど、『週刊新潮』はとりわけできる連中を集め、一九五六年に創刊されたわけです。

――五六年といえば、倶楽部雑誌の全盛で、野田開作という人はとても優秀なライターだったようで、『裏窓』などにも書いていた。

塩澤　彼は今でいえば、コラムニストというのかな、当時の雑誌に欠かせないライターで、人柄も学識も申し分なかった。僕は彼から聞いたのだが、『週刊新潮』を創刊した斎藤十一が倶楽部雑誌や同人雑誌に至るまで、机に積み上げ、膨大に読んでいたと。

その倶楽部雑誌の有象無象の作家の中から柴田錬三郎を見出した。時代考証などはまったく駄目だが、ストーリーテラーの才は抜群だから、これに連載小説を書かせようということになり、始まったのが『眠狂四郎無頼控』だった。ただそこに至るまでは何回も書かせ、没にし、それを散々繰り返した後に実現に至ったといわれています。

――新潮社の「陰の天皇」斎藤十一をめぐるエピソードのひとつですね。もうひとつ人気を呼んだ五味康祐の『柳生武芸帳』も同じようなプロセスをたどっている。

塩澤　斎藤は倶楽部雑誌の創業者たちとちがってインテリだけど、人間というのは一枚めくれば、金と女ということになるし、それが事件につながるし、そうした俗物主義で週刊誌をつくっていると公言してはばからなかった。倶楽部雑誌と『週刊新潮』もそこでつながっているのかと思ったりした。余談ながら、新潮社の社史の『週刊新潮』創刊の項に、僕の出版社初の週刊誌成功へのオマージュが、引用掲載されています。

だから倶楽部雑誌のめぼしい作家とライターはこれも名前を挙げていくときりがないのでふれませんが、『週刊新潮』にリクルートされ、柴田錬三郎のようにベストセラー作家になっていった人もいたが、その背後で死屍累々というか、つぶされてしまった作家も多くいたわけです。とにかく月四回書くわけだし、原稿料も高いので、とんでもなく金が入ってくる。それが一年も続くとそれで駄目になってしまう作家も出てくる。
いま一つの例では、戦前の講談社は「作家殺し」と言われたそうです。純文学作家が食えずに講談社の雑誌の特派記者とか、特集記事を書くようになると、それでメシが食えるので、作品をスポイルする傾向になる、それを揶揄した言葉だったとか。ロマンス社時代に、講談社出の上役に教えられました。

――『週刊新潮』の場合、一人だけ挙げると、瀬戸内晴美の愛人だった小田仁二郎という作家はその典型ですね。『触手』という戦後における前衛的作品を出していたのに、時代小説を書かされ、そこでおしまいになってしまったような印象がありますね。

塩澤　それは小田と同じように元々は同人雑誌作家だった立原正秋にも当てはまるところがあるでしょう。斎藤の勧めで『週刊新潮』に『冬の旅』を書き、ベストセラーになったけれど、その後の立原文学や早死を考えると、よかったかどうかわからないような気がする。

64　山田風太郎と阿佐田哲也

——マイナーな倶楽部雑誌や同人雑誌の世界から大手出版社の週刊誌に連載し、ベストセラー作家になっていくという体験をうまくくぐり抜けるためには何らかの解毒剤みたいなものが必要なんでしょうね。そうでないと、どこかおかしくなってしまう。

塩澤　僕が知っている倶楽部雑誌の作家で、ベストセラーになっても、その後に評価が高くなっても、まったく変わらなかったのが山田風太郎と阿佐田哲也が双璧だった。

——やはりそこにきましたか。

塩澤　山田風太郎も『宝石』の懸賞入選でデビューした作家だが、これも現在とちがってミステリの評価は低く、発表の場と生活のために『講談倶楽部』や『面白倶楽部』に書いていた。ところが六〇年代になって忍法帖シリーズがベストセラーとなり、いちやく売れっ子の位置に押し上げられたけど、人柄はまったく変わることなく、僕なんかにも飄々とした対応はそのままだった。山田の忍法帖シリーズは大半が倶楽部雑誌に発表されたものだったので、倶楽部雑誌出身の最も大成した作家とも評されていた。

――私などが時代小説を読み出したのはこの風太郎忍法帖や柴田錬三郎の眠狂四郎シリーズからで、ようやくここら辺で戦後出版史と個人的読書史が重なっていくことになります。

それと少しばかり時代は飛んでしまいますが、風太郎も『週刊新潮』に明治開化物『幻燈辻馬車』を連載している。だからここでも倶楽部雑誌と『週刊新潮』はつながっていることになる。

塩澤　そこまで気がつかなかったけど、確かにつながっていますね。つながっているといえば、色川武大と山田風太郎もそうで、色川は倶楽部雑誌の若い編集者として、五〇年代に山田の原稿取りに三軒茶屋の自宅に通っていた。渋谷から徒歩で行ったとか。

――確か桃園書房の『小説倶楽部』でしたね。こちらも一冊だけ六三年の三月号を持っていますが、残念ながら山田や色川の作品は掲載されていない。でも山岡荘八や池波正太郎といった新鷹会のメンバー、寺内大吉や清水正二郎などの『近代説話』同人が書いていて、出版社は変われど、倶楽部雑誌のメイン作家が同じであることを教えてくれます。

65　色川武大と井上志摩夫

塩澤　色川は桃園書房を辞めてから、双葉社に入るかという話もあったのだが、結局は入社せずに倶楽部雑誌に時代小説を書き、それから『週刊大衆』に書評を寄せていた。彼はエッセイ集『うらおもて人生録』（新潮文庫）などで、しきりに落ちこぼれを自称し、それを書いているけれど、それが売り物であって、実際にはちがうわけです。双葉社の連中と競輪、競馬、麻雀と遊んでばかりのように見えても、それを文学のこやしにするような気配があったし、実際に六一年に「黒い布」で中央公論新人賞も受賞していたから、見えないところで、文学修行をしていた。彼はその種の姿影を絶対に見せない人でした。

――そのかたわらで、色川は前にふれた井上志摩夫名義で時代小説を書いていた。そしてそれらが九〇年代末になって、『井上志摩夫傑作時代小説集』全五巻としてまとめられる。

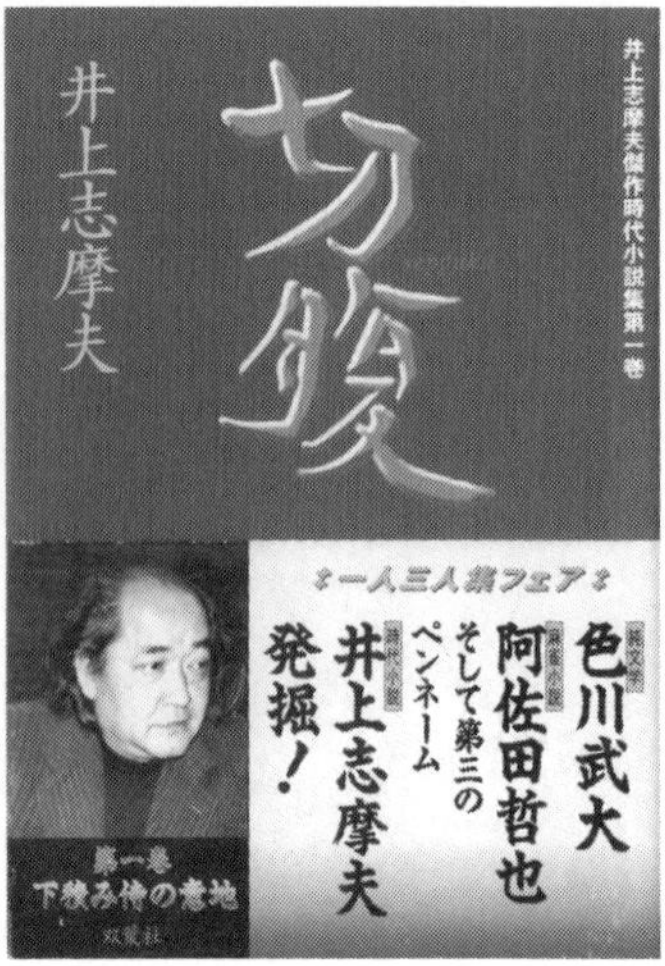

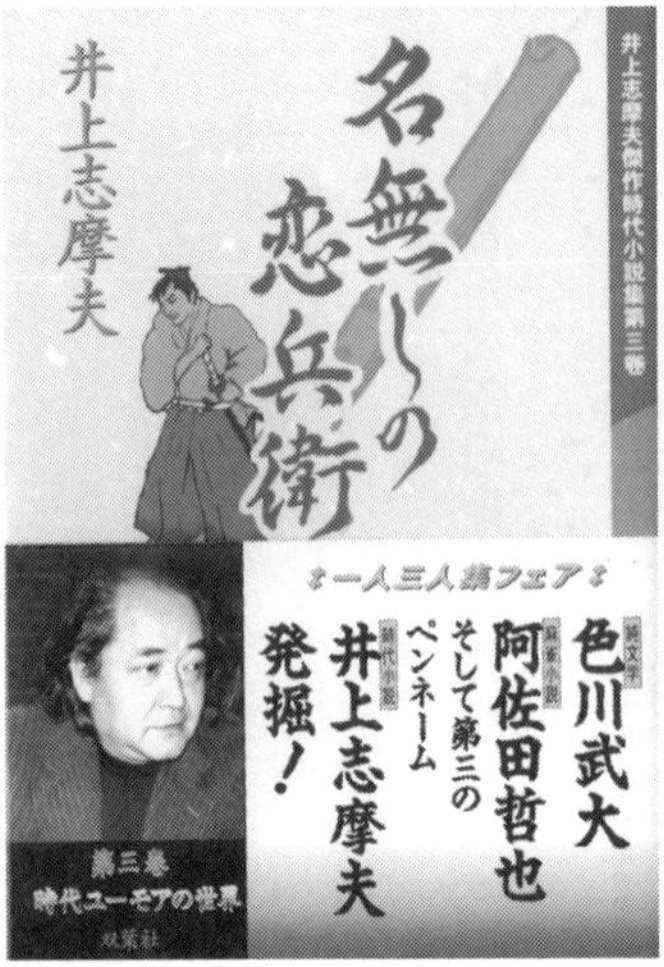

塩澤　これらの作品は各巻末の初出を見てもらうとわかるように、双葉社の『傑作倶楽部』『読切雑誌』『大衆小説』などに五〇年代後半に百本近く発表されたうちの四十本余で、色川の死の数年前に双葉社の倉庫から出てきた作品群です。発表が倶楽部雑誌の若書きとはいえ、これだけの量の助走があって、後年の色川武大と阿佐田哲也が生まれたのだと判断しています。

――色川名義で書かれた「虫喰仙次」（『虫喰仙次』所収、福武文庫）という短編があり、これは双葉社の社員をモデルとし、また七〇年代に矢澤一族が双葉社を発売雑誌のすべてを居抜きで、大手証券系列の会社に譲渡し、新社長が外部から迎えられ、経営陣と労組が対立するに至ったプロセスを背景としている。こんな解釈でかまわないでしょうか。

塩澤　そう考えてもらっていい。これは僕が『出版社大全』に書いた双葉社事情よりもリアルで、ある意味では双葉社を舞台とした小説ともいえます。僕もこの社を退社する件で、紙会社の社長から、やって来た職業軍人崩れの二枚舌社長のことなど『白い闇』のタイトルで下手な小説に書きはじめたことがありました。が、フィクションにしろ、元勤めていた社を舞台の小説は、いかにもルサンチマンじみて見苦しいとやめましたけどね。この社長は僕が辞めた二年ほど後に頓死するが、虫喰サンは「俺の怨念が殺したのだ」と言っていたそうです。その彼も社から締め出されて、一時麻雀屋を開業したが、たちまち干上がり、かつての部下から金を借りまくった。

この虫喰仙次のモデルは双葉社の倶楽部小説のところで話した宮本幹也の弟で、『魚河岸の石松』のモデルといわれています。その宮本との交流を双葉社の社内事情を背景にして描いたのが「虫喰仙次」という短編になることは明白です。虫喰の晩年は色川さんに金銭上で過大な迷惑をかけていて、僕にも困惑ぶりをぽっつりと話してくれたことがありました。あの温厚な色川さんが、僕にまで話したのは、よほど腹に控えかねたのでしょう。終わりよければの逆のケースだった。淋しいなァ。

――塩澤さんはこの小説にあるような二人の関係を近傍にいて見ていたのですね。

塩澤　僕は彼らとちがって、競輪、競馬、麻雀はやらないから、まったくちがうつき合いだった。それでも色さん、塩さんとお互いに呼ぶような仲だった。彼とは歳がひとつしかちがわないこともあってか、僕の下宿にきたりして、僕のくだらない人生論や文学論を聞いてくれたりした。彼の『阿佐田哲也麻雀小説自選集』の「あとがき」にもふれています。色さんは老成したところがあったから、軽薄な僕の文学論なんか馬鹿みたいだと思いながらも、聞いてくれていたんでしょう。恥しいかぎりです。

66　『週刊大衆』と『麻雀放浪記』

――その頃すでに塩澤さんは『週刊大衆』の編集長になっていた。

塩澤　前にもいいましたが、『週刊大衆』の創刊は五八年で、当初は部数が思うように伸びなかった。そのこともあって、社長の辺縁に連なる前編集長が更迭され、僕にそのお鉢が回ってきた。それは六〇年頃で、十年にわたって編集長を務めることになってしまった。週刊誌の編集長を十年もやるなんて愚の骨頂みたいなところがあって、色川さんは売れゆきに一喜一憂する僕に、会社のことよりも、もっと自分のことを考えるべきだと忠告してくれたことをいまも忘れない。

――そんな関係から阿佐田哲也名義の『麻雀放浪記』の連載が始まったのですか。

塩澤 いや、僕の部下に柳橋史というのがいて、これが宮本や色川さんの競輪、競馬、麻雀仲間で、その関係から柳橋が新しい麻雀小説の企画を立て、編集長の僕がOKし、六八年に一編につき数回連載の「麻雀小説シリーズ」が始まった。

――柳橋というのは後に麻雀プロ桜井草一をモデルにした『伝説の雀鬼』（講談社ノベルス）を書くことになる柳史一郎のことですか。

塩澤 そう、よくわかりましたね。講談社に斡旋したのは色川さんです。

――阿佐田哲也が帯文を寄せているので、そうではないかと思っていました。

塩澤 その柳橋が企画した「麻雀小説シリーズ」は第一弾が佐野洋、第二弾が藤原審爾で、第三弾が謎の作家阿佐田哲也の「実録・雀豪列伝」だった。

――それは『麻雀放浪記』第四部の「番外編」に収録されている作品ですか。

塩澤 まさにそれで、麻雀に対する造詣とアウトローの実感を見事に描いて、しかもロマンを漂わせていたから、読者だけでなく、編集者や同業の作家たちからも、阿佐田哲也

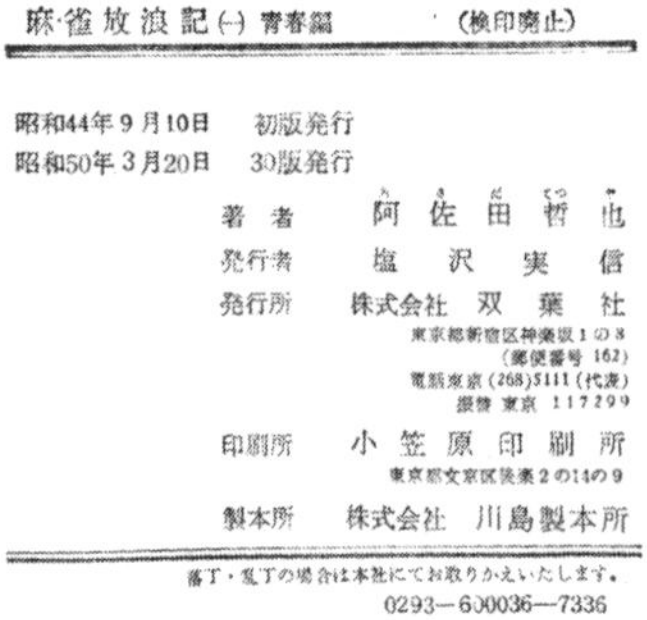
麻雀放浪記(一) 青春編　（検印廃止）

昭和44年9月10日　初版発行
昭和50年3月20日　30版発行

著者　阿《あ》佐《さ》田《だ》哲《てつ》也《や》
発行者　塩沢実信
発行所　株式会社 双葉社
東京都新宿区神楽坂1の8
（郵便番号 162）
電話東京（268）5111（代表）
振替 東京 117299
印刷所　小笠原印刷所
東京都文京区後楽2の14の9
製本所　株式会社 川島製本所

落丁・乱丁の場合は本社にてお取りかえいたします。
0293—600036—7336

とは誰かという声が上がり始めた。

そうした評判とこの機会を逃すべきではないので、六九年の『週刊大衆』新年号から、正確にいえば、六八年十二月末に出ているわけだが、新連載小説『麻雀放浪記』が始まったのです。色さんも麻雀を小説化できるか、初めは逡巡しながらも始めたようですが、連載が進むにつれ、読者の評判が高まり、同業者の梶山季之も阿佐田とは誰なのかと問い合わせてくるほどだった。原稿はいつも締め切りギリギリで、印刷所へ来て書いていました。

そして『麻雀放浪記』第一部『青春編』が出されると、吉行淳之介や畑正憲がピカレスクの傑作、戦後の大衆文学の最大の収穫と絶賛してくれたので、新書版『麻雀放浪記』全四巻は双葉社の一大ロングセラーとなっていったわけです。

――そのこともあって、当初の『麻雀放浪記』の奥付発行者は塩沢実信となっている。その連載と相乗するようなかたちで、『週刊大衆』の販売部数も伸びていったと聞いていますが。

塩澤　モロモロの力が相乗して通常号で、平均三十二、三万部までこぎつけ、正月号などは三十七万部までいったことがありました。そんな幸運もあって、十年間という愚かな続投になったわけです。いま一つ週刊誌時代のことをつけ加えると、副編集長に井上功夫という篤実な人物がいて、彼が黙々と、デスクを務めてくれました。僕が銀座あたりで連夜、酔っぱらっておられたのは、彼のおかげ。外部に広いネットワークを構築することができた。井上は後に副社長を務めています。

――それはすごい。今では雑誌の衰退もあって、三分の一にも満たないんじゃないか。

67　倶楽部雑誌時代の終わり

塩澤　でもそこら辺で、矢澤一族の双葉社も終わり、倶楽部雑誌時代も終わり、僕の編集者人生も一区切りを迎えるわけです。ただ色川さんのほうは一九七七年に『怪しい来客簿』で泉鏡花賞、七八年に『離婚』で直木賞、八一年に『百』で川端康成賞をそれぞれ受賞し、阿佐田の名前とは別の栄光の道をたどっていくことになるのだが、八九年にまだ還暦を迎えたばかりだというのに急逝してしまう。

その晩年、パーティなどで顔を合わせた時、「色川先生」と呼んだら、実にイヤな顔をされた。新聞記者や編集者の悪しき習慣に、旧友が大成した後でも、「色サン」だの「武チャン」と略称で呼ぶケースがあります。僕はそれがイヤで「先生」と呼んだのですが、温厚な彼には、異和感があったのでしょう。色川氏がもう十年健在であったら、どんな作品を書いていたか。安岡章太郎と話したことがあったが、本当に惜しい作家を喪ってしまった。

そして九〇年代になって、福武書店から『色川武大　阿佐田哲也全集』全二十巻が出され、さらに九〇年代末に『井上志摩夫傑作時代小説集』も刊行された。それらによって、倶楽部雑誌の井上志摩夫としての時代小説、週刊誌などの阿佐田哲也としての麻雀小説、そして文芸誌などの色川武大としての文学作品の全貌が見わたせることになった。色川さんは現在の僕に比べれば、本当に早死してしまったけれど、もしそうでなければ、多くの文芸賞を受けた作家だとしても、全集も出されず、倶楽部雑誌時代の小説も刊行されなかったんじゃないかと思う。

―― 塩澤さん、それは間違いないと思いますよ。九〇年代はまだバブルの時代の名残りと、福武書店の文芸書出版が続いていたからこそ阿佐田と色川の全集も企画刊行され、そのことによって生じた高い評価に応じて、井上の小説集も出されたのであって、この時期を逸していたら、それもなかったように思われます。

塩澤　確かにそうですね。今世紀に入っていたら、このような出版はまず無理だったにちがいない。

―― 『講談倶楽部』から始まって、戦後の双葉社の倶楽部雑誌までをたどってきたわけですが、あらためて色川武大はそれらの終焉を告げる作家であったようにも見なすことができ、感慨無量の思いにもとらわれます。

もはや死語に近い倶楽部雑誌に関する塩澤さんへのインタビューをどのように終えるのか、そこまで考えておりませんでしたが、色川武大＝阿佐田哲也＝井上志摩夫へのレクイエムもこめて、ここで閉じることにしたいと思います。

最後になりましたが、塩澤さんのさらなる御健康と御健筆を祈ります。今日は長時間にわたって有難うございました。

付録

「〝倶楽部雑誌〟について」（小田光雄）

倶楽部雑誌という言葉はもはや死語に近いと思われる。この言葉は明治四十四年に講談社が創刊した『講談倶楽部』に端を発している。この雑誌は講談社にとって『雄弁』に続く創刊であり、戦前の大日本雄弁会講談社の社名は双方のタイトルに由来している。当初『講談倶楽部』は講談や落語や浪花節が中心だったが、講談師たちが浪花節の掲載に異を唱え、講談社がそれを拒んだことで、講談速記が獲得できなくなり、大正二年から誌面が変わり、作家や伝記作家たちによる新講談、つまり大衆小説の走りが登場することになった。

そして講談社は続けて『少年倶楽部』『面白倶楽部』『婦人倶楽部』『少女倶楽部』を創刊し、博文館の『文芸倶楽部』といった文学雑誌と異なる読物雑誌の分野を確立させた。さらに昭和初期円本時代の平凡社の『現代大衆文学全集』の成功が加わり、大衆小説の領

『読切傑作集』昭和34年1月号

『読切雑誌』昭和29年2月号

域が拡がり、多くの読物雑誌が各出版社から刊行されるようになる。それらは『風俗雑誌』『大衆倶楽部』『娯楽雑誌』『大衆文芸』『読物倶楽部』などである。

だが戦前、戦後を通じて倶楽部雑誌の研究はなされておらず、その詳細はわかっていない。ただ『講談倶楽部』だけは編集者の岡田貞三郎述、真鍋元之編『大衆文学夜話』（青蛙房）が残され、巻末に「主要作家作品総目録」があり、その内容をうかがうことができる。

戦後になって倶楽部雑誌は復活し、『読物と講談』『実話と講談』『小説の泉』『読物小説』『傑作倶楽部』『小説倶楽部』などが時代小説を中心にして相次いで創刊され、活発な売れ行きを示した。しかしこれらの雑誌も各文学事典で立項されておらず、その内容はよくわかっていない。

それに戦後の風俗小説、及び純文学と大衆文学の中間を意味する中間小説の隆盛、新しい読物雑誌ともいうべき『小説新潮』『オール読物』『小説現代』の台頭や創刊もあり、倶楽部雑誌は新しい読者を得られず、『講談倶楽部』が昭和三十七年に廃刊になったように、次第に姿を消していったと思われる。ちなみに『小説現代』は昭和三十八年に創刊されている。

倶楽部雑誌は講談などの内容で始まり、また版元がひたすら部数を追求する戦前の講談社であり、参入した出版社も赤本屋系が多かったらしく、私が倶楽部雑誌という名称を知った時、そこにはマイナーな響きがこもっていた。確かあの作家は倶楽部雑誌上がりだというような文脈で使われていた。実際に作家ばかりでなく、ほとんどの倶楽部雑誌の出版社も編集者もマイナーな存在で、出版業界や文学の世界の底辺を形成していたようだ。

色川武大は倶楽部雑誌の編集者を経験し、それを短篇「したいことはできなくて」（『怪しい来客簿』所収、話の詩集）で描いている。ほぼ実話であろう。井上英雄《ふさお》なる無名の人物への言及がまずあり、次のように書き出されている。

昭和二十六年から三十年初頭までの数年間、私は小出版社を転々として娯楽雑誌の編集という業務についていた。私は不良少年あがりで中学もろくすっぽ出ておらず、その後もヒッピーの元祖みたいな生き方をしており、履歴としては最低であった。たとえどんな雑誌であろうと自分が編集者の末席に加えてもらえたのが、奇蹟に思えた。

「娯楽雑誌」は倶楽部雑誌と考えてよく、それを発行するのが小出版社で、編集者としても正規の学歴を問われない世界であることが語られている。同じく『怪しい来客簿』に収録の「尻の穴から槍が」によれば、新聞広告で見つけたことになっている。しかしこの世界は個人商店的な小出版社が多く、編集者の地位も不安定で、若くして編集者にもなれるが、消耗品扱いされ、何の保証もなく、「これほど悲劇的な職業はあるまいという感」を強くするところだった。それでも「私自身がその一人だった」と言い、「履歴の劣等意識のために、自分の生き方を自由に選択する権利をもてないでいる人々」にとって、「当時の編集者という職種は砂漠のオアシスのように見えたと思う」と色川武大は書いている。

そして「その職業を何にもかえがたく愛していた」上司の井上さんのことが語られていく。彼は大正末年生まれで、平凡社の少年社員だったらしい。戦後出版社を転々とし、いくつかの倶楽部雑誌の編集長を務め、後輩編集者や若手作家たちにも尽くしながら、色川たちのように物書きにも転向できず、膵臓癌で不運のまま亡くなってしまう。おそらく色川は井上さんに自分の分身を見ていたのであろう。それは次のような文章に表われている。

しかし、気質的には完全に文学青年だったと思う。文学の造詣は必ずしも深くなかったが、明瞭にならない何かが語りたい筈であった。出口なしとさとりながら出版関係から足を洗えなかったのもその執着ゆえと思われる。

ここに戦後の倶楽部雑誌に場を求めるしかなかった正規の学歴を持たない編集者や作家の思いがこめられているように思う。色川武大の死後、倶楽部雑誌に書いた時代小説が発見され、井上志摩夫名義で二冊刊行されているので、彼も双方を兼ねていたのだ。それは阿佐田哲也の麻雀小説というコンセプトも倶楽部雑誌の経験なくして生まれなかったかもしれない。

藤沢周平も最初は倶楽部雑誌の作家であったことが、最近になって判明し、その作品十四篇が『藤沢周平未刊行初期短篇』(文藝春秋)としてまとめられ、刊行された。一作は異なるが、他の十三篇は時代小説で、それらは昭和三十七年から三十九年にかけて、『読切劇場』『忍者読切小説』『忍者小説集』に発表されている。この三誌はやはり赤本屋の流れをくむ実用書の高橋書店から刊行されていて、色川武大が記した紛れもない倶楽部雑誌編集の世界の産物である。

藤沢周平は昭和四十六年に『オール読物』新人賞、四十八年に直木賞を受賞することになるのだが、これらは彼の習作群と見なしていいだろう。当時の藤沢は業界紙の記者でもあり、誰かの紹介でそれこそ「井上さん」のような編集者とつながり、それで掲載されたのではないだろうか。昭和三十八年には九作も発表しているし、編集者の励ましと介在がなければ、考えられない多作であるからだ。そしてまた助走段階の習作とはいえ、すでに藤沢特有の風景描写が物語を彩っている。「木曾の旅行」から拾ってみる。


東西からはさんだ谷間の町を圧しつぶすように、山は樹の色の暗さを加えていたが、空にはまだ明るい光があった。ぽつりと浮かんだ孤独な雲には、さきほど、ひと時空を火のように焼いた夕焼の名残りが薄紅く留まっている。山国の日没の時は短い。そして日が暮れると、秋を思わせるように、肌に迫る涼しさが押しよせてくるのである。

後述するが、倶楽部雑誌にこのような風景描写はほとんど見られない。そうした意味で、藤沢の作品は倶楽部雑誌の中でも異彩を放ち、それゆえに編集者も矢継ぎ早に次の作品を要請したのであろう。おそらく倶楽部雑誌を助走の場にしたのは藤沢や色川だけでなく、他にも多くの作家がいると考えられる。だがそのことも含めて、倶楽部雑誌の全貌は明らかになっていない。

数年前に古本屋で、倶楽部雑誌を四冊買った。それらは昭和三十一年の『面白倶楽部』（光文社）二冊、二十九年の『読切雑誌』（読切雑誌社）、三十五年の『読切傑作集』（双葉社）だった。いずれも黄色の背表紙で、泥臭く、まったく垢抜けていない。

光文社は講談社の子会社であるから、その関係で『面白倶楽部』を引き継いで発行し、そこには山手樹一郎、柴田錬三郎、源氏鶏太などの作家の名前がある。『読切雑誌』は実用書の池田書店の広告が巻末に大きく入っているので、実用書の出版社が倶楽部雑誌をかなり刊行していたのだろう。貸本屋も市場だったと推測できる。『読切傑作集』の双葉社も社史が不在なためにその前史がよくわからないのだが、後に阿佐田哲也が麻雀小説を発表する『週刊大衆』の版元であるゆえに、編集者時代に何らかのつながりがあり、そのことによって実現したと思われる。だからここでは色川武大＝阿佐田哲也が書いている可能性もある『読切傑作集』を取り上げてみよう。

『読切傑作集』は昭和三十五年の新年特大号、四六判三百九十ページ、定価は九十五円である。六十年安保と同年ということになる。まず目次に示された主な作品と作家名を示す。

厚味俊太郎「色模様からくり小判」
小島健三「初婆恋慕旅」
園生義人「大江戸鉄火鳶」
伊東渓二「不精ひげ恋慕」
舟木肇「夜の部屋」

川上譲　　「半次郎絶命」
橋爪彦七　「兄弟やくざ仁義」
長谷川薫　「お七かんざし変化」
戸塚幸太郎「恋の筑波颪」
伊那哲二　「大江戸の対決」
田原一郎　「単車で逃げろ」

「夜の部屋」と「単車で逃げろ」を除いて、他は時代小説であるが、まったく目にしたことのない作家ばかりで、読んでみても、物語も構成も描写もほとんど同工で、藤沢周平の作品にあるような風景も描かれず、その作家の特質を抽出できない。小島健三の「初婆恋慕旅」のタイトルが表紙に掲載され、この作品が柱のようなので例に挙げると、時代状況説明、風景描写はまったくなく、登場人物の動きと会話だけで物語が進行していく。小説というよりも講談の話体で構成されているのである。そのタイトルも「初詣で賑う参道で突然襲われた小町娘大吉得意の木刀殺法!」という惹句も、物語とちがうとは言わないが、ちぐはぐな印象を受ける。つまり言葉は悪いが、マイナーな作家と編集者によって仕上げられた作品でしかない。

この一作に代表されるように、すべて総ルビ、ほとんどが時代小説で、しかも無名の作家によるマイナーな作品の集積である多くの倶楽部雑誌が衰退していったのは必然だったと思わざるをえない。

高度成長期下にあって、日本は猛烈なスピードで戦前社会から離陸し、工業社会、消費社会へと向かっていた。テレビの出現もあり、それにつれて読者の地平も急速に変わり、戦前の倶楽部雑誌の読者が姿を消し始めていたのである。だから色川武大にとって「オアシスのように見え」、また藤沢周平にしてみれば、習作を発表する場であった倶楽部雑誌はその使命を終え、退場するしかなかったのだ。

倶楽部雑誌とはその時代遅れ的な表記とタイトルゆえに、マイナーな出版活動、マイナーな文学の営みを伝えているようであり、そうした世界があったというだけで、今となっては懐かしくも思われる。だがもはや倶楽部雑誌の現物もほとんど消滅してしまい、その総目次の作成すらも困難であろうし、カストリ雑誌や貸本マンガのような研究もなされず、倶楽部雑誌は近代出版史の闇の中に埋もれてしまうだろう。


（小田光雄著『古雑誌探究』論創社、二〇〇九年所収）

あとがき

社会・親ぼくなど共通の目的で集った団体、またはその集合場所を意味する「クラブ」を読者ターゲットに結びつけた誌名を主に戦前、九大雑誌を発行して、〝雑誌王国〟を僭称《せんしょう》したのが、大日本雄弁会講談社であった。講談社の前身である。

明治末期、野間清治によって創業された出版社で、浩瀚な社史には社名のいわれと、出版姿勢を次の通りに書いている。

「……名前の通り、はじめは雄弁の普及を使命としており、しばらくして講談が低俗ながら伝統がなく流布のひろい国民文学であるのに着眼して、それに新しい魂をふきこみ、新しい技巧の衣替えをさせた。いうところの大衆文学がこれだが、その創成と勃興には、この社はむしろその中心をなしたと自負することが、ゆるされるであろう」

低俗と、インテリ層に軽蔑されるこの分野に目をつけた創業者の慧眼は見事であった。野間は〝面白くて為になる〟雑誌群の発行を目ざし、出版界の計量・形骸できるすべての面で〝日本一〟を志した。

その方法として、彼が寄稿家に要望したのは、「うちの雑誌は、牛が反芻《はんすう》偶蹄類であるとか、両角を有するとかいうようなことは、書いてもらわなくてもよい。それも大切なことだが、そんなことをのせる機関は、外にあるでしょう。それより、どうすれば、牛からよい乳が出るとか、その肉がうまくなるかということを教えるような記事を書いてもらいたい。小説にしても、そういう方向を目ざしたものを望みます」だった。

野間清治が雑誌経営で目ざしたのは、明治二十年代から大正時代にかけて、出版関係の一大コンツェルンを誇った博文館のエピゴーネンだった。

出版社には、単行本を主体におく書籍型と、雑誌本位の雑誌型があって、さらに雑誌型は一誌を大きく育てる「主婦之友」方式と、一雑誌を主幹にしながら、周辺に衛星雑誌を出していく「実業之日本社」方式。いま一つは、多くの雑誌を出しながら、旗艦誌があいまいな「博文館」方式があった。

「博文館の雑誌は、五つあっても、十にふえても、おのおの目的も特色も明白に異っている。（中略）講談社は、そういう顧慮は、無視するところがあり、『現代』と『キング』と、はじめは大衆的総合雑誌としたが、たがいに犯しあうような性質を持ち、『現代』はのちに『雄弁』と似た性格をおびるようになってきた。それでも、それらの諸雑誌には、まだ、個性的な差異が感じられたが、『講談倶楽部』と『冨士』は、はじめは違う物の如く見えたが、おたがいに、じゃまになると思うのに、その両方とも存続させ、強引にそれを押し通して平気であった神経の太さ、わるくいえば、遅鈍さは、しかしある意味では、出版界の壮観であった」

社史で、このように自画賛する講談社は、社内でも競争しあいながら、圧倒的な物量作戦で全盛期の昭和六年には、九大雑誌のトータル部数が、月五百二十九万部——全出版界雑誌発行部数の過半を占めたと、喧伝されていた。

講談社は、戦前は九大雑誌とそのトータル部数で、文字通り〝雑誌王国〟を謳歌していたが、一級出版社としての認知は得ていなかった。

出版社は、タテマエとしてただ利潤を追求する企業体ではなく、文化的理想を追求する各位の集団と考えられていたからである。

その姿勢の乏しい倶楽部雑誌主体の講談社は、大衆的な二級の出版社と見られていたのだ。それ故、厖大な売り上げについて、驚嘆の念はもたれたものの、「商人なら商人らしく、金儲けなら金儲けらしく、もっと正直にやるがいい。いかにも大経世家、大国士面をして、金をもけるなんて押しが太い」（宮武外骨）など、痛烈な批判をあびていた。

ところが、今日の講談社は一級出版社ランクづけを得ていて、その理由は戦後に創刊された純文学雑誌『群像』によってもたらされたとみられている。その証左は、彫琢した私小説を書きつづけた尾崎一雄が『群像』の創刊二十五周年を祝う会の席上での祝辞にあきらかで、志賀直哉の門下生は次の通りに述べていた。

「『群像』あっての講談社で、わたしは『群像』がなかったら、講談社などとはなんのつきあいもしなかったと思います」

顕示欲と驕恣《きょうし》のあらわな作家として知られた舟橋聖一は、『群像』編集長が徒行で目白にある舟橋邸を訪問すると、「君、今度から僕の家へ来るときには、社旗を立てた大きな車で来たまえ」と要望した。

『群像』編集長は、咄嗟に舟橋の心を忖度しかねて「安い原稿料でお願いしている立場で、社の車でお訪ねするのは気がひけます」と、同社のマスマガジンの十分の一にも満たない純文学雑誌の安稿料を恥じ入った言葉を洩らした。

すると、舟橋は語調を強めて、「君は何を言う！」と言い、一息おいて、「君は大きな誤解をしている。講談社の野間省一社長が、出版界のメインテーブルに座って挨拶できるのも『群像』を中心に、文芸出版をさかんにやっているからだ。講談社の建物がいかに大きくとも、『群像』もなく、文芸出版もない講談社だったら、野間社長はメインテーブルには座れないよ」

舟橋聖一のこの言葉は、はしなくも出版界に流れる出版文化を過大に評価する姿勢を代弁していた。倶楽部雑誌で大を成した講談社にして、恒常的な赤字雑誌、『群像』と、その系列に連なる文芸出版がなかったら、アカデミックを標榜する表舞台では、軽んじられることは間違いなかった。

まして、講談社が構築した倶楽部雑誌系列の流れに乗って、同類雑誌を発行してきた弱小出版社は、日本出版史に言うに及ばず、出版の稗史《はいし》からも、疎んじられていた。

明治二十年代、博文館の創業を起点とする近代出版史も、倶楽部雑誌系の出版社は冷淡視していた。日本出版史は、倶楽部雑誌や赤本、戦前のエログロ誌、敗戦直後に氾濫したカストリ雑誌などマイナーな雑誌群を無視し、歯牙にもかけなかったのだ。しかし、それでは出版史としては片手落ちである。

この間隙を埋めるには、倶楽部雑誌にかかわった人の証言を集めるほかはない。が、その種の定期刊行物は、昭和三十年代半ばに消滅し、関係していた老兵は消え去って久しかった。

そんな流れの中で、ひとり小田光雄氏が「日本出版史」の欠落した部分を埋めるべく、探査、博捜、関係者に登場願って、論創社から「出版人に聞く」シリーズを始められていた。

小田氏は、日本の出版業界の危機状況を適格に分析、蘇生のための真摯な提言の数々を『出版業界の危機と社会構造』『出版社と書店はいかにして消えていくか』『出版状況クロニクル』『ブックオフと出版界』『古本探究』『古雑誌探究』などにまとめ、上梓していた。その一冊に、私の戦後の出版界をつづった拙著三十余冊を素材に、大部の『戦後出版史』（論創社刊）を編纂していただき、知り合う機会に恵まれたのだった。

私は、昭和二十年半ば学生アルバイトを延長した形で出版界に迷い込んだ雑犬だった。戦前、倶楽部雑誌で〝雑誌王国〟を築いた講談社育ちの編集者たちが、敗戦直後スタートさせたロマンス社で糧を食んだのがそもそもで、中小出版社を転々とした末に、辿り着いたのが、倶楽部雑誌を十数誌も発行している双葉社だった。

地方の米穀商上りの経営者だったが、商才に長け、新潮社が出版社系週刊誌に挑戦し、成功したとみるや、即座に出版にはマイナーな「大衆」を誌名の週刊誌を創刊。つづいて『週刊漫画アクション』を創刊するなど、昭和三十年代の出版界に大衆雑誌の橋頭堡を築いた人物だった。

私はこの社に入社して、ほどなく週刊誌編集部に廻され、菲才にかかわらず十年間も編集長を余儀なくされ、さらにその後、編集部内を総括する立場で十数誌に上る倶楽部雑誌に、目配りをせざるをえなかった。

倶楽部雑誌のほんの一端を瞥見《べっけん》しているに過ぎないが、そんな愚生の足取りから「倶楽部雑誌探究」の語り部として引っ張り出されたことになる。

固辞したものの、いまや倶楽部誌時代を知る出版人は少なく、まして直接編集に携ったのは末期高齢者となっていて、行方知れずだった。

窮余の一策から、私が出る次第になったわけだが、小田氏は綿密に資料を探し出し、数十年前に発行された貴重な倶楽部雑誌を手に入れて、対談に臨んでくれたのである。

曖昧模糊とした私の話に、整然とした裏付けと、条理だった筋道をつけ、一読できるようにしてくれたのは、すべて小田氏の献身、尽力があったからである。

出版界は、アウト・サイダーと見られ〝正統な出版史〟から疎外された面の発掘に寄与された小田光雄氏に、深謝すべきであるし、氏の貢献に対して何らかの顕彰を考えるべきではないだろうか。

二〇一四年　早春

塩澤実信

塩澤実信（しおざわ・みのぶ）
1930（昭和５）年、長野県生まれ。双葉社取締役編集局長をへて、東京大学新聞研究所講師等を歴任。日本ペンクラブ会員。元日本レコード大賞審査員。主な著書に『雑誌記者池島信平』（文藝春秋）、『ベストセラーの光と闇』（グリーンアロー出版社）、『動物と話せる男』（理論社）、『出版社大全』（論創社）、『昭和の流行歌物語』『昭和の戦時歌謡 物語』（以上展望社）、『吉田晁伝説』（河出書房新社）、『吉田茂』『ベストセラー作家 その運命を決めた一冊』『文豪おもしろ豆事典』『出版界おもしろ豆事典』『昭和歌謡100名曲』～『昭和歌謡100名曲 Part.5』（以上北辰堂出版）ほか多数。

倶楽部雑誌探究——出版人に聞く⑬

2014年3月20日　初版第1刷印刷
2014年3月25日　初版第1刷発行

著　者　塩澤実信
発行者　森下紀夫
発行所　論 創 社
東京都千代田区神田神保町2-23　北井ビル
tel. 03（3264）5254　fax. 03（3264）5232　web. http://www.ronso.co.jp/
振替口座　00160-1-155266
インタビュー・構成／小田光雄　装幀／宗利淳一
印刷・製本／中央精版印刷　組版／フレックスアート
ISBN978-4-8460-1318-9　